你认为你就要胜利了吗？再想想吧。

是的，阿尔法队已经拿到了龙牙，并且正在前往下一颗星球——元初星。但他们可不是这场竞赛的唯一参赛者。即便克里斯不承认，我也知道更多元初星的内部构造。而我并不担心将我所知道的告诉我所认可的胜利之师。

你要么加入我，要么站到我的对立面。访问WWW.VOYAGERSHQ.COM，破解本书中的密码，然后决定你要站在谁那一边。

我会一直等你。

Ω

奥米伽队指挥官
未解密地点

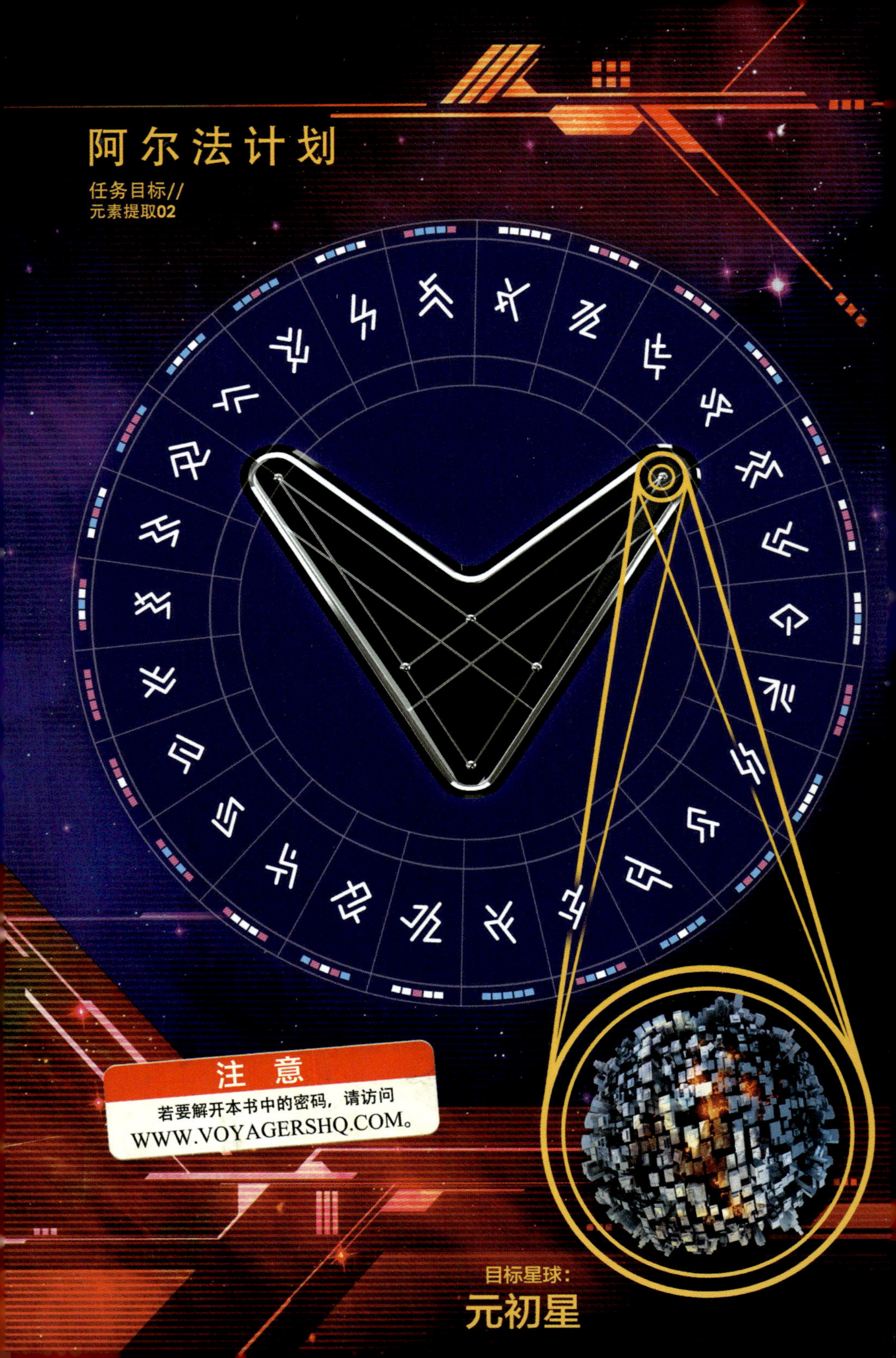
阿尔法计划
任务目标//
元素提取02
注意
若要解开本书中的密码，请访问
WWW.VOYAGERSHQ.COM。
目标星球：
元初星

在元初星，

太空旅行者们必须面对一个充满了金属、

岩浆和机器人的世界。

在这颗星球，他们将发现许许多多的秘密……

比如，另外一队的孩子们到底在做什么。

“毫无疑问，那些机器人的精密程度是远不如我的。”

ZRK机器人探测数据 元初星

太空旅行者

一级机密任务指令

阿尔法计划

机 密

目的地：元初星

初期探测数据显示，
这颗星球极其动荡和危险。
全体队员必须保持高度警惕。

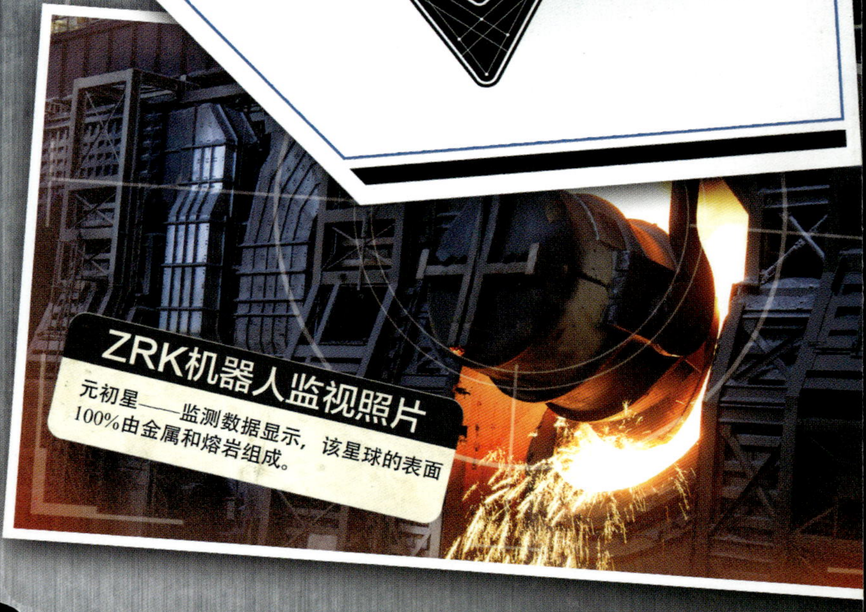

ZRK机器人监视照片

元初星——监测数据显示，该星球的表面100%由金属和熔岩组成。

面临的危险
不明机器人——研发代号：猛击者
目标/功能：未知 威胁程度：未知
警 告
元初星——警报，有强磁场和不可预测的岩浆喷溅。

十号基地报告

任务指令

注意：仅限被授权人员知悉

所有队员必须立刻报到，进行战术训练和深空状态下ZRK机器人探测操作训练。你们的参与对本次行动的成功至关重要。

- 破解书中密码
- 加入一级机密任务
- 创造你自己的ZRK机器人指挥官
- 探索太空的深处
- 赢取徽章，解锁奖励，争取升级

现在就加入我们，
开始你的太空之旅吧！

WWW.VOYAGERSHQ.COM

太空旅行者

一级机密任务指令

云豹号 | 人员简历

名：	克里斯
姓：	未知
年龄：	16(?)
生日：	未知
性别：	男
祖籍：	未知
监护人：	无
监护人联系方式：	无
招募中心：	无
职位：	阿尔法队飞船专家

阿尔法队

名：	火箭
性别：	雄性
来自：	动物收容所
监护人联系方式：	基地人员
职位：	精神伴侣

2

太空旅行者

少年科幻小说系列

GAME OF FLAMES

火焰之舞

HUOYAN ZHI WU

[美] 罗宾 · 沃瑟曼　著
陈枫　译

GUANGXI NORMAL UNIVERSITY PRESS
广西师范大学出版社
· 桂林 ·

出版统筹：张俊显
品牌总监：耿　磊
选题策划：李茂军
责任编辑：王芝楠
助理编辑：韩杰文
美术编辑：卜翠红
营销编辑：杜文心　钟小文
版权联络：郭晓晨
责任技编：李春林

著作权合同登记号桂图登字：20-2017-196 号

图书在版编目（CIP）数据

太空旅行者少年科幻小说系列．2，火焰之舞 /（美）罗宾・沃瑟曼著；陈枫译．—桂林：广西师范大学出版社，2020.1

书名原文: Game of Flames

ISBN 978-7-5598-2075-4

Ⅰ．①太…　Ⅱ．①罗…②陈…　Ⅲ．①儿童小说－长篇小说－美国－现代　Ⅳ．①I712.84

中国版本图书馆 CIP 数据核字（2019）第 261161 号

广西师范大学出版社出版发行
（广西桂林市五里店路 9 号　邮政编码：541004
网址：http://www.bbtpress.com）
出版人：黄轩庄
全国新华书店经销
保定市中画美凯印刷有限公司印刷
（保定市西三环 1566 号　邮政编码：071000）
开本：880 mm × 1 240 mm　1/32
印张：5.25　　插页：4　　字数：120 千字
2020 年 1 月第 1 版　　2020 年 1 月第 1 次印刷
印数：0 001~6 000 册　　定价：28.00 元

如发现印装质量问题，影响阅读，请与出版社发行部门联系调换。

目 录

第1章

距离地球数百光年[①]之外，一片遥远丛林的深处，只听见一阵震耳欲聋的呼啸声传来，一个引擎启动了，不一会儿，一艘光滑的银色飞船腾空而起。它冲出了参天大树的荫蔽，如一支光矛，划破了云层。在这非自然的景象面前，丛林中发出了各种声响，其中有粗重的咆哮声，也有尖锐的叽喳声。一群阿贡盗龙猛然昂起头，张大了嘴，对着天空惊声尖叫。那飞船不断冲上新的高度，像一颗腾跃而起的恒星，绽放出明亮而刺眼的光芒……随后，便消失在了天际。

飞船刚消失，寂静便如一张毯子将丛林覆盖，只有鸟儿啁啾和虫声唧唧，搅扰着这片沉静。直到——脚步声响起。

一位刚刚还藏在树丛里的少年走了出来。

这少年并不属于这个星球，与刚才那艘银色飞船的船员相比，更不属于这里。

① 光在真空中 1 年内走过的路程。——译者。

他有自己的飞船。

少年一袭黑衣，右肩上印着奥米伽的符号。他歪着脑袋望向天空，似乎在确认飞船确实不见了，确认终于只剩自己了。

之前，他曾在阴影里观看三个人类与庞大的阿贡盗龙搏斗。他有些期待这只一百五十英尺[①]的巨兽将他们整个吃进肚子里。

那样可真是太好了。

然而，那三个人却创造了奇迹。他们从这只暴怒的巨兽口中活生生拔下了一颗牙齿，并完美逃生了。他们将牙齿的一部分带上飞船，并将在飞船上把牙齿磨成粉末。龙牙粉是六种元素之一，如果集齐六种元素，将产生清洁的、可自我维持的索尔斯能源，这种能源能拯救地球。现在，地球上的能源已经所剩无几。那支小队为了得到这六种元素，冒着各种风险在宇宙中穿梭。

少年还看着他们庆祝自己找到第一种元素。

当然，他们并没有发现少年的存在。

他们不知道的事情实在太多了。

然而少年无所不知。他知道云豹号上有一个名叫克里斯的人，他们信任克里斯。

这是一群太空探索者。

他们骄傲地称自己为阿尔法队。“阿尔法”就是“第一”的意思，这让他们觉得自己很特别。

这些信息，少年都知道，他还知道其他必要的信息。然而

① 英美制长度单位，1 英尺等于 12 英寸，合 0.3048 米。——译者。

那支小队却对少年一无所知——他们不知道被他跟踪了，甚至不知道他的存在。

如果他们真知道什么，是绝不会把剩下的龙牙丢在身后的。

少年踮着脚走过丛林覆满苔藓的地面，弯腰检查剩下的那段牙齿。它足足有一扇门那么大，上面还有阿贡盗龙干涸的唾液。他微微一笑，是的，这些就够了。他抬起左手，按下触摸屏。触摸屏就安装在他的手背上。

远处，又一个引擎启动了，这是对他发出的信号的回应。少年不耐烦地等待自己的飞船穿过丛林来到自己面前，他渴望回到自己的母船。时间可不等人！云豹号随时都可能切换到伽马速度，那样一来，他就真的追不上了。

少年已经隐藏、等待和跟踪了太久。

他感到厌倦了。

他想，自己现身的时刻应该很快就要来临了。他要让阿尔法队的队员们明白他们正在和谁较量。他们知不知道自己在跟踪，这已经不再重要，反正他们也无法阻止自己，因为自己知道他们所不懂的——即便跟在别人的后边，也未必不能领先一步。

第2章

达什·康罗伊研究着入口旁边的触摸屏，手指沿着他制定好的路线比画着。飞船中的管道组成了一张纷繁复杂的网，而屏幕上的每个标识都表示这张网上不同的接合点。一旦出现一个小小的失误，就会酿成大错。他是阿尔法队的领袖，对云豹号飞船上和本次任务中发生的一切事情负责。他绝不能犯错。

他检查了一遍路线。

他又检查了一遍路线。

完美。

达什点击屏幕，完成了输入。然后，他双手握住入口上方水平安装的金属杠。

就这样了，成败在此一举。

他深深地吸了口气，握着金属杠将自己荡入了管道。一股气流将他裹挟，推着他迅速地进入了云豹号的心脏。

“喔噢噢噢噢！”达什高呼，但狂风将他的叫声吞没了。他飞入了璀璨的隧道，即便想停，也完全停不下来。他以令人窒息的速度不断上升，接着突然左转，蹿入一个岔道，又陡然下坠，速度快到仿佛连胃都要从嗓子眼里蹦出来了。这体验简直像是全世界最疯狂的漂流，唯一不同的是，他并不是在透心凉的水花中穿梭，而是在暖和的气流中冲浪。达什转向右边，唰地一下穿过一个环形滑道，又唰地一下穿过另一个，接着再次径直坠落，然后犹如一颗炮弹一般，被射出了管道。扑通一声，他落地的位置和计划中的完全一致，就在飞船训练中心的下方。

任务完成！

“太棒了！”达什看看时间，雀跃起来。一分零二秒，这艘飞船的新纪录诞生了！管道总长三英里①，在飞船中能形成成千上万条不同的路线，队员们正比赛看谁能设计出用时最长的路线。卡莉上一次尝试用了五十二秒，而达什花了好几个小时来研究怎么打败她。他像职业拳击手一样将双拳举过头顶，道：“我赢了！”

达什是这次星际任务的领导者，他有着全世界，也许是全银河系最重要的工作。这一份工作其实更像是四份工作：派珀是随船医生，卡莉是科技官，加布里埃尔是飞行员——而达什却要了解他们所有人的工作，以防万一。

在离开 J-16 行星后的五十五天里，他有很多要事要做：识别飞船电路图、在飞行模拟器中训练、研究下一个目的地——元初星。

---

① 英美制长度单位，1 英里等于 1.6093 千米。——译者。

但达什也有优先想做的事：抽出时间来管道冲浪。

“一分零二秒！”他高声道，“本船新纪录，毋庸置疑！耶！”

“下回你可得当心点儿！”一个声音大叫，“你差点儿一屁股坐在几个 ZRK 上！”这是派珀的声音。

“什么？”达什蓦地发现自己正被一大波高尔夫球大小的机器人包围。它们嗡嗡嗡地闹着，犹如一窝愤怒的蜜蜂，他真是险些坐在了这群小机器人上。“呃，抱歉抱歉，小宝贝们。”

若是没了这群 ZRK，云豹号是无法正常运转的。它们能准备任务所需的技术，能修理破损的飞船，还能做队员们需要做的其他任何事情。当然，它们也很擅长挡路。

“记住，ZRK 也是人，”派珀说道。

“根本就不是。”达什道，“好吧，在技术层面上不是。”他东看西看地找寻声音的来源，却连她的人影都瞧不见，“你人呢？”

“在你上边呢！”派珀喊道。

达什抬头往上看。训练中心拥有巨大的内部空间，足有两层楼高。派珀此刻就在上面。她露齿一笑，朝他挥了挥手。她身处一条离地面有上百英尺高的狭长过道上。那条过道不足两英尺宽，但她看起来一点儿也不紧张，她知道自己掉不下来。她的悬浮座椅不会让她有什么闪失。

五岁之前，派珀还和其他孩子无异，但后来意外发生了。

她依然记得，当别人告诉她，今后她再也不能走路的时候，她是什么感受。

她也依然记得，能走路是怎样的感受，因为她在梦里依然能走。

她告诉自己，这无所谓，自己和其他孩子一样聪明，一样勇敢，一样有能力。被选中执行此次任务，不就证明了这一点吗？来自世界各地的数千个孩子都为争夺在这艘飞船上的一席之地而努力，但在所有竞争者中，此次任务的负责人还是选中了她。

这个任务最重要的一点，是有机会拯救地球。其次，就是能体验这把崭新的、为她量身定制的悬浮座椅。到底能不能走路，谁在乎呢？现在自己可是能飞了！

派珀一整个早上都在训练中心上部来回观察 ZRK 的工作，顺便看看其他船员怎么玩耍。那些管道可能是好玩，但怎么能和她的悬浮座椅相提并论。

“我创造了一个新纪录！”达什边叫边穿过训练室，朝着正在篮球场挥汗的加布里埃尔和卡莉走去。可是这两人并没有注意到他。他俩一直在抱怨训练日程，每天都重复同样的训练，真是无聊透顶。所以，这飞船上的机器人——“蒸汽 6000”就想到了不同的点子。

蒸汽为他们量身定制了一款虚拟现实训练游戏，似乎是篮球、击剑、曲棍球和喷火杂耍的结合。达什不太搞得清游戏规则，但卡莉和加布里埃尔已经玩了好几天。他们戴着厚厚的黑色虚拟现实眼镜，在旁人看不见的虚拟火球和数字闪电之间来回躲闪。

他俩看起来真是太傻了。但达什也就是这么想想，并没有告诉他们。

“你们都不用睡觉的吗？”达什站在场外安全地带问他俩。

卡莉做了一个躲避动作，接着越过一道看不见的栏杆。她踢出右腿，然后咕哝了一声，仿佛有什么东西在她肚子上狠狠地击了一拳。“不能睡啊，”她喘着气，“我赢得停不下来。”

“你现在铁定是睡着了，”加布里埃尔嘲弄着她，溜进场内，双手抱住一个隐形的篮球，他用指尖把球接住，然后又把它拍向卡莉，“因为你在说梦话。”

“现在什么比分？”达什问。

“蒸汽，几比几了？”卡莉问。

陪练机器人毫不犹豫地答道：“比分为 62094 比 61997，卡莉领先。是的，长官！卡莉把加布里埃尔打了个落花流水！”

“啪啪打脸！”刚说完，卡莉就惨叫一声，只见加布里埃尔对着她的头部发动了暴风骤雨般的袭击。达什差点儿笑岔气。

“现在比分为 62098 比 62094，加布里埃尔领先。”蒸汽话锋一转，“加布里埃尔是世界统治者！”

卡莉一脸苦相。她喜欢加布里埃尔没错，但她更喜欢赢。“加布里埃尔，你迟早得被我打趴下。”她说。

达什对自己的队员呵呵一笑。没人能猜到，他眼前这两个十二岁孩子，是地球上最聪明的孩子。人们更猜不到，地球的命运就掌握在他们的手上了。

在这种时候，他们很容易就忘却了自己的使命，忘却了如果他们没能集齐六种元素，就无法回到地球。一旦任务失败，他们就将飘荡在外边，迷失在茫茫宇宙之中。而同时，地球上的人类也将逐渐耗尽能源，直至整个星球陷入一片黑暗。

有时候忘记也是好的。自己身处一艘最先进的太空飞船上，而且飞船上还配备乒乓球桌和有史以来所有的电影文件，这多值得狂欢一番呀。但也正是在这些时候，在这些最为欢快的时候，达什最思念自己的家人。他的妈妈和妹妹艾比都还在奥兰多呢。他想象着在城市为了节省能源而关掉每盏照明灯的夜晚，她们看向窗外，或是看向天上的星星，盼着他什么时候能回家，他到底能不能回家的样子。

达什为能领导本次任务而自豪，为能不惜一切代价拯救自己的家庭和星球而自豪。但在内心深处，他也害怕自己无法做到。

他惊讶于自己的脑子里竟能同时塞下这么多相互矛盾的想法。毕竟脑子比足球还要小，它里面怎么会有空间塞下这么多东西？

蒸汽突然发出警报："没时间玩游戏了！"

"再发一个球，"卡莉抱怨道，"这回我要赢他。"

"在你准备做一件有风险的事之前，先好好地审视一下自己所要面对的情况吧。"蒸汽话语中带着兴奋，达什则很想抱怨。这个机器人可能是人类迄今为止制造出的最先进的科技产品了,但有时候他说起话来更像是一个又老又蹩脚的喜剧演员。"来自导航甲板上的消息，我们即将退出伽马速度。"

达什突然严肃了起来。"退出伽马速度！"他冲着派珀喊，"全体队员到舰桥集合！"

"是，长官！"加布里埃尔敬了个礼，同时朝他眨了眨眼睛。他习惯于听从达什的指挥，也很喜欢和达什开玩笑。

"我们走！"卡莉说着和其他人一齐冲向了管道的入口。此时，整艘飞船里回荡着克里斯的声音。

“全体队员，请速到导航甲板报到，”克里斯说，“即将紧急退出伽马速度。”

“说说我们不知道的信息吧。”加布里埃尔说着，跟在卡莉后头跳进了管道。

克里斯是飞船的第五名成员，他比其他队员年长几岁。闲暇的时候，他基本都一个人待着。达什和其他队员都不知道他从哪儿来，也不知道他是怎么来到云豹号的。和他们不同，克里斯加入云豹号根本不需要和谁竞争，“阿尔法计划”指挥官肖恩·菲利普斯直接把他安排到了飞船上。

而且肖恩这么做的时候，根本没告诉其他队员。

加布里埃尔用了一段时间才适应这个情况——而且他不是唯一一个有这种感受的队员。克里斯有可能是参与设计了太空探索者项目的某个超级天才，这意味着别人不知道的东西，他却知道。可是谁愿意被蒙在鼓里呀？

一个接一个，队员们嗖嗖地穿过管道，冲向飞船的前部，出现在舰桥上。派珀驾驶悬浮座椅从中央走廊下来，几秒钟后便在导航甲板上与他们会合了。巨大的全景窗展现出泛着条带状微光的太空。在伽马速度下，星星看起来并不是呈点状的，倒更像是发着冷光的、以疯狂的速度旋转着将云豹号包裹的丝带。达什一看它们就头晕目眩，可又无法强迫自己看向别处。

“准备好了吗？”见船员们都在导航甲板上集合完毕，达什问。他感到一股兴奋的电流通过他的脊背。自动驾驶仪让飞船退出了伽马速度——船员们要做的无非是系好安全带，准备进入轨道，就这么简单，除非中间出了什么差错。

而达什永远是那种未雨绸缪的人。

“准备好了！”他们回答得整齐划一。阿尔法队的四位成员坐进了控制台前的一排飞行座椅上。飞船以伽马速度飞行的时候，人的感觉和静止状态时一样，而飞船一旦驶入轨道，人工重力系统便会启动。但是，要从一种状态转换到另一种状态，队员们还需要一定的时间来适应。

加布里埃尔顺手戴上黑色的飞行眼镜，他们一旦进入元初星轨道，这眼镜能让他手动控制飞船。

克里斯在他的私人空间有自己的飞行座椅，他和舰桥之间开设有一条通信线路。“我这儿也准备好了。”他报告道。

“准备退出伽马速度。”计算机提示道。

达什紧紧抓着飞行座椅的边沿。飞船一直在摇晃颠簸，强大的引力将他狠狠地摁在了座椅上，由于飞船减速而产生的力量让他的牙齿嘎嘎作响。他感觉自己的皮肤都快要融化了。

“我……我、讨——厌……这……这……部……部……分！”卡莉牙齿哆哆嗦嗦却还不忘抱怨。

其他人则完全无法回答——他们正努力让自己不那么恶心。

作用在他们身上的压力不减反增。达什很想知道，在他变成一个二维平面之前，或者在他的脑浆从耳朵里流出来之前，他的身子会被压得有多平。紧接着，就在他感觉连一秒也坚持不下去的时候——折磨结束了。

重力回到了正常状态，或者，至少是人工创造的常态。飞船停止了晃动，引擎不再咆哮。加布里埃尔把飞船带到了一个平稳的轨道，一切完美，如想象中的一样完美，除了——

“呃，小伙伴们，我眼睛没毛病吧？”加布里埃尔一边问，一边摘下飞行眼镜，手指着玻璃窗晃了晃，几秒前，窗外还是一片群星璀璨的太空，“或者是说……”

“集体幻觉？”卡莉顺着他的话猜测，“别人没告诉过我们的伽马速度的某种副作用？”

“这不是幻觉，”派珀咬着唇说，“但我想不通这是为什么。达什，你怎么看？”

达什一言不发，已经震惊得目瞪口呆。他努力地眨着眼睛，仿佛想看得清楚一点儿。

然而这并不管用。

一个物体出现在他眼前的太空，它大得将群星都遮住了。

这物体也是一艘飞船。

第3章

导航甲板上顿时乱成了一锅粥。

“那是什么？”

“那是谁？”

“这儿怎么可能再出现其他人？”

“他们在跟踪我们吗？”

“他们是什么人？”

他们你一言，我一语，脸上都是惊恐的神色。这群孩子已经在离地球的数百光年之外了。他们在浩瀚的宇宙中飞行，要碰巧和另一艘飞船的航线有交集，那几乎是不可能的。

而且，那是一艘看上去很笨重的深色飞船，尺寸和云豹号不相上下。云豹号上尽是优雅顺滑的弧线设计，而那艘飞船则到处是直线和尖角，活像一支射入宇宙大网的箭。但那艘飞船看上去还是有些熟悉，达什脑海中隐隐泛起一丝疑惑，两艘飞船看上去像是一对兄弟。

短短几秒内，克里斯也出现在了舰桥上，他看上去和其他人一样震惊。

“你知道是怎么回事吗？”达什问他，尽管对方惊讶的脸上已经写满了答案，“另一艘飞船？”

克里斯摇头。虽然达什仍然不知道克里斯为何会参加本次任务，但只要遇到困难，他总会依赖这位年长的男生，从他身上寻求踏实感和指导。有克里斯这样一名知识渊博的成员在飞船上，总是一件令人放心的事。而此时连克里斯脸上都满是疑惑，这让大伙儿感到了不安。

“如果对方试图对我们发起攻击，我们该怎么做？”加布里埃尔问，“是不是应该，比如，准备好光子鱼雷？”

“光子鱼雷绝对不可行。”克里斯说，语气中带着疑惑。

“好吧，那激光炮怎么样？”加布里埃尔又问，“肯定有某种激光炮，万一我们发现了一颗死星什么的。”

“这可不是电影！”卡莉不耐烦道，“根本没有什么死星，也没有克林贡人，更没有激光炮。”

“为什么我们要讨论向他们射击？”派珀道，“对方现在什么都还没做呢。”

“只是暂时。”加布里埃尔意味深长地说。

“难道我们不该先搞清楚他们是谁吗？”派珀坚持道，“以及他们在这儿做什么。”

“当然。”达什表示同意，“我们打开一条对接他们的沟通频道吧。”说完又转向克里斯，对自己的决定还是拿不准，“呃，我们可以这样做吧？”

“当然可以试试。”克里斯道，“他们回不回答就是他们的事了。”

卡莉之前对这艘飞船的每个角落都仔细研究了一番，包括通信系统，因此这活儿由她来完成。她选择了一个宽带频率，然后冲达什重重地点了下头。

达什清了清嗓子。他将脸对准针孔摄像头，这东西将会把他的形象发送到对方的飞船上。“我是达什·康罗伊，在云豹号飞船上，我是阿尔法队的队长。我们来自地球，我们……呃……”他搜肠刮肚，想说点让人印象深刻的话，“我们为和平而来。”

听到这，他身后的加布里埃尔翻了个白眼。

漫长的寂静过后，头顶的大屏幕上出现了一个画面，展现出那艘飞船的内景，以及一个小女孩的脸。

这张脸就算是化成了灰达什都认得。他以为这辈子再也见不到她了。

或者至少，他希望再也不要见到。

“是你？！”他喊道。

安娜·特纳，这个在与他争夺队长之位的竞争中败下阵来的人，对他狡黠一笑：“是我。”

在地球上，十号基地，安娜和达什的竞争长达数周。安娜专横、自私、暴躁，为了获胜可以不惜一切代价。达什永远不会忘记她竞争失利时的表情。她知道自己不得不卷铺盖回家了，是一个失败者，不会有什么任务要完成，不会有千万美元的奖金，不会有星际探险……那个时候她的表情。

可这会儿她也来了，在她自己的飞船上。所以，也许她根本就没输？达什非常困惑。

安娜脸上的笑容更放肆了："而且不止我一个哦。快来见见光刃号的队员们。"

话音刚落，显示屏上的画面便展现了对方队员的面孔。达什简直难以置信，阿尔法队的全体队员都难以置信。在那艘既陌生又熟悉的飞船的舰桥上，端坐着"阿尔法计划"的另外四名进入决赛的选手：安娜·特纳、拉维·查文、尼克·罗德里格斯和西恩娜·莫雷蒂。他们每个人都曾为争夺云豹号的一席之地而比拼。可他们都失败了。

"笑话！你们以为只有自己进了太空？"安娜嘲讽道，"外太空广阔无边，你永远不知道会碰上谁。"

"但……但……但是……"达什发现自己已经语无伦次了。安娜对他就是有这种魔力，她总是自信比其他人知道的都多，尤其是达什，她更喜欢当面戳他的痛处。她聪明、强势，而且大多数时候又是对的。达什和其他小伙伴那时都确信她会成为本次任务的成员之一。

当她最终没能入选时，已经被选上的几位都偷偷舒了口气。好吧，也许算不上"偷偷"。

"达什想说的应该是，你们是怎么跑到这儿来的？"派珀说得很客气，尽管安娜之前对她比对任何人都要粗鲁。派珀总是告诉自己不要记仇，难道胜利不就是最好的复仇吗？

"又来这里做什么？"她补充道。

"对啊，如果是来太空休闲观光，时间选得也太诡异了点儿吧。"加布里埃尔道。

"还坐着一艘几十亿美元的飞船。"卡莉也添油加醋。

安娜的目光透过她的镜片，射向阿尔法队的队员们。她和她的队员们穿着自己的制服。制服是全黑的，肩上装饰着奥米伽的符号。“你们做什么，我们就做什么。”安娜道，仿佛听到了有史以来最蠢的问题，“寻找元素，拯救地球——明白吗？”

“不明白。”达什道。

安娜大笑，说道：“这算得上是本世纪说得最有艺术性的一句话了。”

“难道菲利普斯指挥官派出了第二艘飞船？”这肯定也不是肖恩·菲利普斯第一次向他们隐瞒重要信息了。达什看向克里斯，而对方的神情依旧凝重。如果还有第二艘飞船，那么克里斯没理由不知道，但是他看起来和其他队员一样困惑。达什意识到，这还是他第一次发现这位年长的大哥慌了神。

“菲利普斯指挥官？”安娜再次大笑，她的几个同伴也跟着笑了起来。“省省吧。你们也别担心，你们那宝贝菲利普斯依然觉得你们四个是他最好的押注。也算是地球走运，我们奥米伽队找到了比菲利普斯更牛的人。”

“谁？”达什问。他讨厌被蒙在鼓里，还不得不向安娜乞求答案的感觉，而安娜则享受其中的每分每秒。

“如果你非得知道，那么，这个人是——”安娜唐突地停了下来。达什能听见屏幕后边有个声音，但他分辨不出具体的话。安娜的双唇压得很扁，挤成了一条直直的缝儿。达什认得这个表情：但凡有人告诉安娜去做什么，她的脸上就是这副表情。“那人是谁和你们没关系。”她干脆利落地回应达什，“重要的是，奥米伽队会抢在你们前边早早地集齐所有元素。你们阿尔法队就是一群草包。”

“安娜，看到你一点儿没变，还真是开心呢。”卡莉嘲讽道。

加布里埃尔轻哼：“是啊，依然是个妄想症晚期患者。”

“她只不过说了个事实而已。”西恩娜道。和其他人不同，她的话听起来并不像在夸夸其谈，也没有反驳他们的意思，她的口吻肯定而冷静：“我们的胜算比你们大多了。至于个中原因，我们就不方便说了。”

“各位，我们双方都渴望找到元素，然后回家。”达什道。现在的状况，队员们不喜欢，他更不喜欢。但他是团队的领导，必须考虑对本次任务最有利的方案。既然安娜和她的队员已经在这儿了，两艘飞船总比一艘更有实力，不是吗？“我们两队联合起来怎么样？”

卡莉、派珀和加布里埃尔纷纷惊讶地看向达什。“和他们联手？你是在开玩笑吧！”加布里埃尔道。

菲利普斯指挥官之所以选择了现在的阿尔法队，是因为这几个孩子的团队协作能力很棒。而尼克、拉维、西恩娜，尤其是安娜，都是在独自行动的时候成绩最佳。

“两队联手？别妄想了。”安娜道，“我们才不需要你们阿尔法队拖我们的后腿。”

“也许我们该考虑考虑这个方案。”西恩娜轻声道，“从概率上讲，我们的胜算会大大增加，如果——”

他们还没听全，西恩娜便突然不说话了，阿尔法队再次听到屏幕后边含糊不清的说话声。这次，传说中的大人物出现了，加入了他们的对话。他看起来比其他队员要年长，不苟言笑的脸上戴着方形墨镜。“这是科林，我们团队的第五位成员。”可从安娜的声音里听不出半点儿高兴的意思。

达什以为只有在电视上才能看到人的下巴掉下来，但此刻，他自己的嘴就张得老大。派珀、加布里埃尔和卡莉的表情也都整齐划一，活像卡通人物惊呆了的样子。四双眼睛齐齐转向克里斯，然后又转向科林。他们左看一下，右看一下，左看一下，右看一下，仿佛在观看一场网球赛。

达什觉得自己一定是出现了幻觉。但并非如此，他眼前的一切都很真实——除了戴着不同的眼镜，光刃号上的那个少年和克里斯简直是从一个模子里刻出来的。

只有一点不同的是，达什从未见过克里斯像科林那样微笑。这笑容，让人觉得他仿佛是在看着一群蚂蚁在放大镜下乱窜，而他在认真考虑用这个放大镜把蚂蚁们烧焦。

“这是怎么回事？”克里斯道。他的声音还是难以让人听出任何情绪，但经过这几个月的朝夕相处，达什对他已经较为了解了，他听得出来，这位大哥哥很震惊。“这怎么可能？”

“我觉得咱们已经浪费了太多时间在闲扯上。”科林打断了他们。他的声音和克里斯相差无几，唯一不同的是，克里斯的声音是平静而友好的，而他的话语则冷若冰霜。“愿最棒的团队最终获胜。而且，相信我——”说着他挪了挪身子，让出导航甲板中心处的一个大型白色骨质物体，这是阿贡盗龙牙齿的另一半，正是阿尔法队在J-16行星上遗留的那半颗牙齿，“赢的会是我们。”

屏幕突然黑了。

“啊！”派珀惊呼，她的视线完全无法从克里斯身上挪开，“这……这太意外了。”

“那男的肯定不止十三岁。”卡莉道，“他是怎么经受住伽马速度的？我还以为只有克里斯能做到呢。”

“你觉得就这一点奇怪吗？”加布里埃尔问，“仅仅奇怪他不止十三岁？你看到他那张脸了吗？”他也盯着克里斯，“到底怎么回事——你有一个长得一模一样的同胞兄弟吗？”

克里斯不住地摇头：“肯定没有。”

“也许是个失散多年的同胞兄弟？”卡莉提示道，“比如像电视电影里面那样，一出生就失散了。”

“也许是个克隆人。”加布里埃尔道，“克里斯，有没有人跟你说过要克隆你？”

“哪儿有什么克隆人啊。”卡莉道。

“没有？那你怎么解释刚才那事？”加布里埃尔回呛道。

“也许，呃……也许那是个机器人。”卡莉猜道。

“他们专门做个机器人，不仅长得像克里斯，连说话也一模一样？”派珀嘲笑这个想法。

“就是吃的东西不同。咱们家克里斯吃的是芝士汉堡包，那位吃的是机油。”加布里埃尔补充道。

“好吧好吧，也许并不是什么机器人。”卡莉放弃了这个想法，“达什，你怎么看？”

达什正仔细观察着克里斯，这位大哥哥的表情并没有透露什么信息。“我想知道克里斯本人是怎么想的。”

“我认为，在没有任何信息的情况下胡乱猜测是没有意义的。”克里斯道，他的声音依然如从前那样，出奇的平静，仿佛刚才并没有经历这辈子最大的刺激，“我们不要为这些无关紧要的事情分心了。”

“有一艘飞船在太空一路跟踪我们，船上还有个和你一模一样的人，你认为这无关紧要？”卡莉根本不相信他不在乎。

“不管他是谁，他都不是我。”克里斯厉声道。这样的说话方式让达什疑惑，他怀疑克里斯的感情受到了伤害，可在他的脸上看不到一丝答案。“我们马上就要开展在元初星的元素提取任务了，第二种元素在等着我们。这才是最要紧的事。”

“对，克里斯说得对。”达什附和，一方面是因为克里斯说得的确没错，另一方面则是因为安娜·特纳正在不远处指挥着她的飞船，船上还有个克里斯的复制品，这可就不是一点点重要了，“一小时以内，在对接舱进行一次任务简报，这样我们就能尽早登陆。”

克里斯用力一点头，自行离开了。

“这也太诡异了。”加布里埃尔道，“我是说，他一直就是个奇怪的人，但今天这事太诡异了，对不对？”

“没错，太诡异了。”派珀道。克里斯很少会厉声说什么。是不是虽然他嘴上不肯承认，但心里其实对对方飞船，以及那上面长得就像他孪生兄弟似的人十分担心？

“我们应该和地球取得联系。”达什道，“菲利普斯肯定想知道这事。”

“你的潜台词是他还不知道？”加布里埃尔把话挑明了。

达什摇摇头道：“他不可能——”

“他不可能不告诉我们能改变命运的秘密？”加布里埃尔插话道，“他不可能不说关于我们任务的最重要的信息，直到无论做什么都为时已晚？他不可能不提醒我们可能再也回不到地球，就把我们几个打包送到太空？”

达什发现自己竟无言以对。

但他还是不相信，这么重要的事情，菲利普斯指挥官会瞒着他们。“要知道真相，只有一个办法。”他说。

卡莉开启了一条对接地球的通信频道——或者至少，她试图去开启它。

“除了静电干扰，什么都没有。”她报告道，“和地球的通信经常断断续续，尤其是在脱离伽马速度后，有时要好几天才能有清晰的信号。”

“你这是在逗我吗？”加布里埃尔冷哼道，“咱们用的是人类历史上最先进的技术成果，可它连打个破电话都费劲？”

“真要打个几百万光年那么长距离的电话，那就真的是‘破电话’了。”派珀提醒他。

“继续尝试。”达什道，“但与此同时，我们得先靠自己了。”

“还有什么是我们不知道的？”加布里埃尔喃喃道，“好像克里斯并不愿意对我们透露任何信息。”

“那现在怎么办？”卡莉问，“我们要追着克里斯问吗？试着让他告诉我们这都搞的什么鬼？”

“你又怎么知道他就一定了解得比我们多？”达什问。

“他肯定知道点什么。”加布里埃尔道，“至少比他告诉我们的多。”

“如果他真有什么秘密，那么他不告诉我们，也一定有适当的理由。”达什一副外交发言人的做派。他们曾经约法三章：如果五个人要组成一个团队共事，那么大家就要信任彼此。

卡莉皱了皱眉。她也信任克里斯——至少，她尝试着去信任他，但是卡莉并不是那种可以和任何人掏心掏肺的孩子。“真希望你说的都没错。”

达什也希望如此。

第4章

达什冲下云豹号的中央走廊，来到克里斯的私人空间。那个房间与飞船上的管道系统并不相连，要进入只有一个办法：敲门。

在去的路上，他试图步入一条禁止通行的通道。每次到了禁区，他总要这么试试。但是，同之前一样，一股力场又将他轻柔地弹了出去。

菲利普斯指挥官已经告诉过他们，这些禁区里有一些精密仪器是他们万万不能碰的，这也是他们不能进去的原因。而他们也乖乖听话了，因为他们没有理由违背他的命令。

结果呢，他们发现其中一个禁止入内的房间里居然藏着克里斯这么个大活人。

从那以后，达什便忍不住去想象其他禁区里面都还藏着些什么。每次这样想着，他就忍不住试着进入禁区，幻想着万一哪次力场失灵，真让他进去了呢？

达什继续走着，来到克里斯的房间，敲门。随着轻柔的嘶的一声，门滑开了。

“我告诉过你了，我对……对那个人，一无所知！”克里斯喊道，将入口挡住，他显得十分暴躁，“如果你还是不相信，那我只能说抱歉。”

“我相信你。”达什道，“我不是因为这个来找你的。现在该，呃……但如果时间上不太方便的话，我也可以……”

“哦，不会，当然不会，”克里斯说着，从里边走了出来，“刚才太混乱了，我居然忘了给你注射。”

达什有些惊讶。他从没见过克里斯会忘记什么事情，尤其是这么重要的事。

克里斯是云豹号上唯一一个知道达什小秘密的人：达什比其他成员大六个月——也就是说，他比人们认为的年龄大了半岁。待他们任务结束的时候，达什就要十四岁了，可是，任何大于十四岁的人都不可能活着经历伽马速度。超级天才克里斯，制作出了某种使他不受伽马速度影响的血清。但是达什接受的只是一种试验性的日常注射，这或许可以减缓他身体的新陈代谢。然而这东西到底管不管用，却没一点儿保障，而且即便管用，又能管用多久呢？如果他们没能按时回到地球的话……

达什把这个念头压了回去，现在千万不能想这个。他是冒着巨大风险参与这次任务的，这点他明白。如果能拯救地球，拯救妈妈和艾比，那么一切牺牲都是值得的。尽管如此，他还是不愿其他小伙伴知道这个风险，否则他们一定会担心的。达什和加布里埃尔共用一个房间，这样一来就没什么隐私了。因此，克里斯同意，达什的注射用品都可以储存在他这儿，好帮助他守住秘密。

“没事的。”达什说着，进了屋，“也不是什么大事。”

“这是最大的事。”克里斯正色道，“如果你不每隔 24 小时注射一次，后果将不堪设想，甚至有可能致命。”

“呃，是的，谢谢你。”达什道，“我试着不去想这个问题。我的意思是，其实你忘了也没什么，最近发生的事情太多了。”

“就像你的老朋友安娜说的，这算得上是本世纪说得最有艺术性的一句话了。”克里斯嘴角含笑。

“克里斯，你刚才这是说了个笑话吗？”

克里斯人好，聪明，但却没什么幽默细胞。

“我很努力了。”克里斯道。

“还不赖。”达什道，“咱们开始吧。”

克里斯的房间差不多是达什见过的最没有个人特色的房间了。在达什和加布里埃尔的房间，加布里埃尔在墙上贴满了古董航空器的海报，而达什则在他的小地盘贴了一张超大的星图，他们家人的照片在每个能见缝插针的地方贴着。达什还没见过女生们的房间，但他能肯定与自己的相差无几，只不过里面的物品大概是粉色的罢了。

而克里斯的房间，可以说是很无聊的。不是说它空——这个空间里挤满了高科技仪器、屏幕、控制器，它就像第二个舰桥。达什暗忖，也许只要克里斯愿意，他在房间里就能驾驶这飞船了。可是谁又愿意住在一个飞行甲板上？克里斯完全没让这房间变得个性化一点儿。没有海报，没有照片，也没有任何关于家乡和故人的纪念品，什么也没有。

达什坐在冷冰冰的凳子上，从小盒子中取出一次性注射器。这是一种试验性的生物制品，用于延缓细胞的衰老。如果顺利，它将使达什的身体保持足够年轻，这样他就不会因为超龄而受不了伽马速度了。

如果顺利的话。

这种制品还从未在任何人身上测试过，直到现在。

达什屏住呼吸，将注射器扎向大腿。这东西很像肾上腺素笔，需要做的就是对准目标，然后往下摁。达什感到一小阵刺痛，但痛感很弱，还不如被铅笔用力扎一下。

没那么疼痛令达什很高兴，但无论如何，每天的注射时间依然是他最不喜欢的时刻。因为这时，他无法强迫自己忘掉那不停嘀嘀嗒嗒走着的时钟。

克里斯的金毛犬火箭走过来，跪在达什身边。达什顺着它柔软的皮毛抚摸，小狗用鼻子蹭他的手。不知火箭知不知道，此刻它已经离开家很远了。

“你觉得那艘飞船到底来自哪里？”达什问克里斯，试图分散自己的注意力。

“我说过了，我不知道——”

“是的，你说过。但如果非得让你猜，你觉得你会押注在哪里？”

“嗯……我觉得那飞船也是来自地球。”克里斯缓缓地说。

“是的，毕竟船员都是地球上的。但谁有能力发射它呢？”

“你让我押注，无疑是要让一个没有足够事实支撑的人去做一个知情人才能做的决定，不是吗？”

达什之前参与的唯一押注，是在午饭后打扑克时的押注。

“也可以这么说。”达什回答。

“我是一个尊重事实的人。”克里斯道，“在没有更多钱币的时候，我一定会紧紧攥住手上的钱币，不去挥霍它。”

“有没人对你说过，你这家伙很奇怪？”达什笑道。

“有一箩筐的人。但也许他们才是奇怪的人吧。”

“呃，是的。”达什顺着他的话，“也许。”

进入轨道。

飞船绕着元初星转，深受这星球弱重力场的困扰。阿尔法队员身下远处，就是本次艰巨任务的第二站。云猫号在对接舱的房门边上闪闪发亮，达什准备带着一个提取小分队登陆这个星球。

还在以伽马速度飞行的时候，队员们就将目前已知的关于元初星的所有信息消化了。其实信息也不多。这是一颗矮行星，其表面被机器包裹，但是，根据多年前派过来的无人驾驶探测器的探测结果，这里并没有生命迹象。元初星有一个液态金属核，由一种被称为马格努斯 7 的物质燃烧来提供热量。

一旦找到马格努斯 7，将使他们离获得想要能源和回家的目标更近一步。飞船自带的燃料只够他们的去程，如果他们希望返程，他们就必须获得六种元素的提取物。

即便一个小小的失败，也将彻底葬送他们。

这也意味着，此时此刻，没有比马上登陆并开始工作更重要的事了。

“之前的资料确定这个星球不存在有机生命。”队员们刚在对接舱集合完毕，卡莉便说道。过去的一个小时，她一直在自己实验室的工作站监控这个星球，处理自己能处理的所有数据。卡莉对信息和事实深信不疑，她认为，只要有足够多的信息，就能知道整个宇宙的所有秘密。“目前来看，我们之前的监测数据都还是准确的。确实，星球表面聚集了大量机械，但是它们并未释放出任何电磁信号。无论底下有什么，它们都已经是一堆废物了。”

“如果说这星球上有机械，那么它们肯定是被制造出来的。”克里斯提醒道，“智慧生命曾在这里生存过。”

“要么他们还不够聪明，要么他们还在附近。”加布里埃尔道。

“不管怎样，我建议你们小心行事。”克里斯道。

“你们？”达什叫道，“我没想错的话，你是不是又不打算和我们一起登陆了？”

“我解释过，我掌握了大量关于这艘飞船和本次任务的知识和信息。这太宝贵了，我不能随意冒险。”

“聪明人说什么都对，您和您那硕大的脑子必须留在安全的地方。”加布里埃尔道，“就让我们几个去吃灰尘吧。”

克里斯无视他的冷嘲热讽，或者他根本没听懂。“没错，我会留在飞船上，监控你们的通信情况。大气中有很强的电子干扰，所以登陆后还要保持联系会很困难。可能你们最终得各干各的。”克里斯警告道。

“没问题。”达什道。

克里斯点点头：“我相信你们没问题。”

达什勉强地笑了笑。

“大伙儿一定要找到马格努斯 7 的样本。”克里斯提醒道，“登陆点正中心处被一条熔岩河截断，你们就在那里寻找马格努斯 7。”

“知道啦。”加布里埃尔躲在一群 ZRK 后边说。这些小机器人在云猫号周围嗡嗡嗡地吵闹着，为即将开始的探险做准备。“但我们不知道的是，要怎么把它们弄上飞船。我们总不可能把热腾腾的岩浆揣在兜里吧？”

“当然不是，七千华氏度①呢，你们会被烫死的。”连克里斯都有些被逗乐了。

飞船上没有任何容器可以存放那种物质，他们必须得在这个星球上找到合适的容器。

“你不会对你的发现失望的。”克里斯补充道，“如果那些智慧生命设计的机械像它们看上去那样精密，那我相信他们一定也会留下对我们有用的东西。”

“我还以为你在没掌握所有事实之前，不喜欢瞎猜呢。”达什一边说，一边装备本次任务所需的工具。

克里斯脸上的表情很逗，像是一只刚刚甩掉了什么讨厌鬼的猫咪：“在这件事上，我掌握了我要的所有信息。”

“克里斯和派珀留在飞船上。”达什安排道。尽管他们非常确定，这里的机械已经是一堆没人要的破铜烂铁，但也不敢掉以轻心。在十号基地，他们已经见识了这些机器运作起来将会产生多大的力量，阿尔法队队员们是通过关闭模拟装置的电源才击败它们的。

卡莉意识到，也许他们能在真正的元初星上做同样的事情。云豹号能定位发射电磁脉冲，这种脉冲能阻止周围所有的电磁活动，但是没人能保证它能百分百成功，而达什也希望他

---

① 一种温标计量温度的单位。——译者。

们永远不要用上它。尽管如此，卡莉还是用了好几天时间，给派珀灌输她需要知道的关于电磁脉冲的知识，以防万一。

“你都搞定了吗，派珀？”

派珀咧嘴一笑：“是的，是的，队长大人！”

“呃，达什，我认为咱们应该适当改变一下计划。”卡莉的语速很快，“我应该留在飞船上，派珀可以登陆。”

“都什么时候了，你跟我说这个？”达什冲她喊道。

卡莉朝他羞怯一笑：“现在提出，总比我们已经登陆了一半要好。”

达什简直难以相信。他们要担心的事情本来就够多了，现在居然出了这么一个岔子。他们的上一次外星探险，卡莉就在飞船上待着，没道理她还会自愿再待一次。“到底怎么了，卡莉？有什么问题吗？”

“摸透这艘飞船是我的工作内容，达什，它里里外外有什么我全都知道，你懂的。如果在地表遇到了什么突发事件，你们需要得到云豹号的支援，我能够确保你们都能得到帮助。”

“你觉得我没能力搞定这事吗？”派珀看起来很委屈。

“不，我可没这意思。”卡莉忙补充道，“我只是……觉得如果我留在云豹号上的话，我能够用自己的专业技能更好地服务于本次任务。我知道我可以。”

“我不喜欢这样。”达什道，“我们早就目的明确地做好了计划，你在最后时刻提出变动，这太草率了。”

卡莉瞪着他，脾气一下子就上来了：“好！随便吧，无视我的想法吧。反正你是老大。”

“别这样啊，达什。”加布里埃尔忙过来劝，“谁留谁去有那么重要吗？卡莉比谁都了解云豹号，这你又不是不知道。”

卡莉向加布里埃尔投去了一个感激的眼神。

“当然，除了我。”加布里埃尔补充道。

达什转向派珀，有些拿不定主意地问：“派珀，你怎么看？如果让你加入元素提取小分队，你愿意吗？”

“只要你觉得这是最佳方案，我这边都没问题。”她道。

加布里埃尔和卡莉相互翻了个白眼，达什假装啥也没看见。他们还不能体会当一个领导有多难，尤其领导的是自己的朋友。有时，他们在为谁能吃最后一片比萨而斗嘴的时候，小伙伴们就是所有朋友该有的样子，他们相互平等，为了一些傻事打成一片，用斗嘴来自娱自乐，不去在乎到底谁能赢。

但当他们进入任务模式，就仿佛谁按了一下开关似的，突然间，达什就不再是小伙伴中的一员了——从某种角度来说，他成了大家的上司。

有时候，做一个领导真的会让友情变得很尴尬。而有时候，友情也会让领导变得不可能实现。就像现在。

“好吧。”达什说。这个决定和他的直觉背道而驰，但直觉也有可能出错。“卡莉和克里斯一起待在飞船里，其他人，准备登陆。”

克里斯直奔舰桥，准备在那里监测云猫号的行动。派珀冲进自己的房间换衣服，这样看起来正式一些。达什则检查了ZRK 在航天飞机上的工作，他要确保航天飞机没问题。

加布里埃尔犹豫了片刻，“你确定要留在这里吗？”他悄声问卡莉，“这飞船跟个咸鱼罐头似的，你确定你还没坐到吐吗？你就不想呼吸一下外星球的新鲜空气吗？”

“我想干什么并不重要，”她对他说，“我只做对任务有利的事。”

加布里埃尔的眼神里充满了疑惑，接着，他又突然严肃地说：“如果你还有什么难言之隐，可以随时告诉我。”

卡莉紧抿双唇，用拳头在他肩上撞了一下：“祝你好运。别被机器人烦得抓狂。”

加布里埃尔眨巴着眼睛开玩笑：“你了解我的，我的静脉里面流的可是金属。我差不多也算是半个机器人了，他们会把我当作自己人的。”

卡莉笑了，她努力地保持着这个笑容，直到加布里埃尔离开对接舱，只剩下自己一个人时。然后，那笑容便消失了。

终于独自一人了，卡莉靠在走廊的墙上，努力抑制着泪水。她刚刚做了什么？难道她真的要为了自己愚蠢而自私的理由而毁掉这次任务吗？

她让达什相信，自己的决定并非一时脑热，但她撒谎了。

实际上直到她踏入对接舱，发现自己的腿不由自主地发软，她这才知道她不能登陆，她必须留在云豹号里。这并不是因为她认为自己比派珀懂得多，也不是因为她觉得这样对本次任务更有利。

她想留在飞船上，仅仅是因为害怕，害怕离开飞船。

她，卡莉·戴蒙德，年龄最小的队员，决心成为最勇敢的队员。可现在她害怕了。

她了解这艘飞船。在地球上的时候，她就花了六个月的时间来研究它，熟悉飞船上每英寸[①]都有什么。这里没有任何物品可以让她大惊小怪。但如果是一个陌生星球呢？情况就完全不同了。在外边，任何意外都可能发生，任何意外。卡莉最讨厌的就是受到惊吓——而最能吓到她的，就是未知的事物。

她告诉自己，自己不会让这个团队和这次任务失败，其他队员也绝不会知道这个真相。但她自己知道这个真相，这就已经糟糕透了。

① 英美制长度单位，1 英寸等于 1 英尺的 1/12。——译者。

第5章

云猫号冲向大气层，在空中划下一道长长的火光。在这架航行飞机上，达什、加布里埃尔和派珀都被牢牢束缚在飞行椅上，看着这颗行星。旋转的红棕色云彩像柔毯一样覆盖着星球表面，因此肉眼无法看清下面到底是什么。大气层不断搅动和闪烁，雷暴正在肆虐。

这注定是一次艰难的飞行。

加布里埃尔透过黑色飞行眼镜向外看去。他的手掌放在一块光滑的平板上，这块平板可以监测他手指的每一次抽动。飞船正在离开轨道，他稳稳地驾驶着云猫号，为即将到来的翻江倒海的大气层之旅做准备。根据之前无人驾驶探测器拍到的照片，计算机已经为他们规划了飞行线路，但是那些图片已经过时了，地面的条件很可能已经发生了变化，而计算机对此是无从知晓的。

这是他们在 J-16 行星上得到的教训——但这个教训真是来得太晚了。

“系好安全带，”加布里埃尔提醒达什和派珀，“接下来我们估计会被颠到怀疑人生。”

达什双手紧紧扣住飞行椅的边角：“你可给我小心开——”

最后一个字是自己从他嘴里蹦出来的，因为加布里埃尔直接挂了高挡。三人颠簸着蹿到了云层下边，又颠簸着朝地面栽下去。

加布里埃尔戴的这副飞行眼镜，能让他在做出最少眼珠运动的情况下控制云猫号。他的意识仿佛已经和引擎融为一体，而云猫号是他身体的延伸。他们以数百英里的时速冲入大气层，每一毫秒都不能懈怠。但是加布里埃尔却不紧张。紧张也没用，飞行员是不能紧张的，他必须以同样的速度融为云猫号的一部分。

他将飞船加速，再加速。

他已经完全控制了云猫号，不去理会乘客们感觉如何。

派珀安静地坐着，闭着眼，努力不让自己吐出来。她脸上挂着淡淡的僵硬的微笑，担心达什和加布里埃尔看出她的不安，然而实际上他俩并没有看她。

达什胡乱折腾着备用飞行眼镜，告诉自己要相信加布里埃尔。他们一定不会撞个稀巴烂的，他们一定不会没头没脑地冲进一堵机械墙，或是彻底失去控制，他们一定不会全速冲到地面，然后爆炸的。

加布里埃尔不会让这些事情发生，达什明白。起码到目前为止，他知道加布里埃尔比其他人飞得更好。

当然，他更希望自己做这个飞行员。

他们越来越接近预定的登陆地点。加布里埃尔驾驶得很低很快，掠过生锈的机器，绕着它们盘旋。两个巨大而平坦的灰色板块在这个星球表面上延绵数英里，它们被一条细长的红色火线分割开来。这火线便是岩浆河，他们将在这里找到需要的元素。他们希望如愿以偿。

云猫号以极危险的角度朝右边倾斜，然后狠狠地俯冲，前端的尖角直指地面。

“快拉升！”达什大呼，他们就要径直冲向火焰之河了。

“小意思。”加布里埃尔道，“给我一分钟。”

“再过一分钟我们就全都在岩浆里游泳了！”达什继续吼，“拉升！”

“你就放心吧。”加布里埃尔自信满满。

云猫号俯冲得越来越猛，派珀感觉自己的胃里已经翻江倒海，达什则已经准备踹飞这个不要命的驾驶员，自己上阵了。但就在最后一秒钟，他们终于扭转了局面。

云猫号沿着火焰河不断拉升，火焰在他们下方舞蹈。雄伟的金属墙矗立在河流两岸，直冲云天。云猫号在狭窄的空间中穿梭，沿着河水流淌的方向奔突，顺着河流的曲线迂回行进，直到——

“抓紧了！”加布里埃尔提醒道，“准备降落！三——”

达什抓紧。

派珀屏息。

“二——”

云猫号微微倾向左侧，冲向岸边一块狭小的空地，那空地仅有云猫号大小。

“一——”

他们没有失误的机会。往左一点点，他们就会撞到金属墙上，往右一点点，他们就会去泡岩浆浴。

“着陆！”随着加布里埃尔一声大叫，云猫号触到了地面，烟尘四起，他们骨头都要散架了。

派珀重重地舒了一口气，所有紧张的神经全都放松了。达什伸出拳头在加布里埃尔的背上砸了一下：“你成功了！”

“听起来，这让你感到很意外啊。”加布里埃尔道。

达什大笑：“那我听起来应该什么样？”

“如果你要表达敬畏之情，那我肯定是欢迎的。”加布里埃尔道，“我还可以接受惊叹、恐惧和迷恋。”

“我们能一会儿再讨论用哪个词吗？”派珀道，“现在还有个元素等着我们去找呢！”他们几个越早开始，就能越早安全返回飞船。

达什带领着他们谨慎地走出云猫号，来到地面。达什做了个深呼吸。根据他们的勘测，这儿空气中氧气和氮气的比例和地球完全相同，但空气闻起来却别有一番感受：空气几乎是金属味的，就像是不小心咬破了舌头，或者采集血液时的味道。

他们站在奔腾的岩浆河畔。河中流淌的是红彤彤的岩浆，沸腾的火泡撞击着河岸，发出嘶嘶的声音。河岸已经被烧焦了，上面满是岩浆流淌过后留下的道道裂痕。河流两岸是耸立的机械高墙——高墙往上延伸，直到消失在浓密的红棕色云彩里。他们感觉自己正置身于一个狭长而又陡峭得不可思议的峡谷底端。

“这就是元初星了。”加布里埃尔细声细气道。除了奔腾的岩浆，除了他们仨，这个星球几乎是静止的，这里半点儿生命的迹象都没有。但不知为什么，加布里埃尔还是感觉自己只能轻声细语地说话。

仿佛有什么人在暗中偷听。

“是的。”达什也轻声道。这儿的静谧让人有些毛骨悚然，这感觉，仿佛是来到了某个童话中的小镇，里面的人全都被施了魔法，沉睡了一个世纪。他不想成为唤醒他们的人，因而也只是轻轻地应了一声。

“至少这儿没有阿贡盗龙。”派珀道，“这绝对是我目前为止最喜欢的星球了。”

“你目前也就去过两个。”加布里埃尔冷冷道。

派珀调整了悬浮座椅的方向，冲着一堆小小的外星机器人飞去，它们一动不动地待在河岸边。这些小家伙四四方方，梯形的身体被两条粗粗短短的腿撑起来。

派珀轻轻拍了拍其中一个机器人。

“派珀！”达什不敢高声斥责她，“你这是在做什么！”

“我只是想看看它能不能醒来。”派珀道。

“它们醒来对我们有什么好处？”达什话里满是警告。自从有了在 J-16 行星上的冒险经历，他便一直期待能去一个没有外星生命的星球。没有外星生命，也就意味着他们不会被什么怪兽吃掉。

“估计它已经死了。”派珀有些伤感地说，“或者是不能用了，它就是个机器，你怎么称呼它都行。它威胁不到我们的。”这些小机器人随处可见，它们像是在一片凝固的风景中被冻住的点缀。“好像所有人都离开了。”她好奇地说，“但是他们为什么要丢下这些小东西呢？”

“也许除此之外别无选择了。”达什道，他开始对这里产生了某种不好的感觉，觉得这个星球仿佛正在屏住呼吸，等待着什么大事的发生，“也许之前的人离开得很匆忙。”

“这些墙没少被损毁。”加布里埃尔说着，指向那些被撕扯扭曲过的金属，“而且那些伸出来的生锈的玩意，看上去很像大炮。喂，你说会不会之前在这里发生过什么战斗？”

“我想即便曾经没有，现在也快有了。”派珀道。她并非在开玩笑，因为就在此时，云层被突然撕裂，一道耀眼的光线朝着他们射来。

“真希望这不是我想的那样。”加布里埃尔道。可惜事实就是：一架航天飞机径直降落在河对岸的一块空地上。

达什急忙捂住耳朵，免得被轰鸣的发动机声震聋了。航天飞机落地之后，加布里埃尔看见坐在控制舱里的正是安娜！他觉得这架尖锐的航天飞机很像一只蓄势待发的螳螂，或者是蟑螂——但即便这样，由安娜来驾驶，也是被糟蹋了。

那飞船的发动机终于停了，安娜、西恩娜和尼克跳了出来。

“你们几个在这里干吗？”加布里埃尔嚷道，“还是说，你们在一路追赶我们的过程中被踹飞了？”

“你们在做什么，我们就在做什么。”安娜也嚷了回去，“只是比你们更快，也更好。我们向来如此。”

“就你能吹牛！”加布里埃尔嘲讽道。

安娜仰天大笑，继续吼道：“你们阿尔法队对这儿一无所知，我没说错吧？”

两队人马在河流最狭窄处相逢，虽然距离不算远，却刚好能在喧哗的河流声中听到彼此的叫嚷声。没人敢与河流离得太近，除非他们想让喷涌的岩浆溅在自己脸上。

“你们知道多少，我们就知道多少。”达什寸步不让。

奥米伽队成员纷纷大笑。“这么说来，克里斯全都告诉你们了？”安娜问，“所有？一切？”

“她阴阳怪气地说什么呢？”派珀悄声问，“而且，她怎么知道克里斯的存在？”

达什和加布里埃尔耸了耸肩。看来他们别指望知道安娜打算做什么了——除非赢过安娜他们。

“他当然都告诉我们了！”达什喊道，试图让这声音充满自信。

这里可不是十号基地，他们并不是在为了争夺任务的参与权而比拼。那场竞争已经结束了，达什胜利了。安娜可能已经忘了，但达什没有。

“这么说来，你知道猛击者了？”尼克问，“还有，那场战争？”

“呃，战争？”加布里埃尔悄声道。

这听起来可不太妙。

“什么战争？”达什继续喊。

就在他说话的时候，一阵震耳欲聋的金属碰撞的声音打破了空气中的平静，大地震颤！

“啊——啊——”加布里埃尔叫了起来。

“怎么回事？”派珀也大呼。与此同时，他们周围所有的机器全都嗡嗡作响，嘎吱嘎吱地活了过来！

“反正不是什么好事。”加布里埃尔道。

“看！”达什几乎要把自己的声音吞下去了，“看那些机器人。”

刚刚还好像被冻在河岸边的奇怪的小机器人，也全都“活”了过来。

这些小家伙整整齐齐地向河流进军，将滚烫的岩浆装进自己金属做的肚子里，然后踏着步走回了机械墙。一扇灰色大门轰然洞开，小机器人一个接着一个地被里面的黑暗吞噬。机械墙上锈迹斑斑的大炮炮筒旋转着，逐渐转向了对岸。

“就是这场战争！”安娜失声大叫，急忙寻求庇护点，因为在阿尔法队这边的一支炮筒，已经向空中射出了一个用岩浆做的火球。

霎时间，空中尽是火焰在乱舞。

“快跑！”达什喊道。

加布里埃尔、达什和派珀使出了吃奶的力气行动起来，没头苍蝇一般寻找着庇护。热浪都快把他们的皮肤烤焦了，火球在头顶上肆虐、爆炸，金属碎片如雨点一般从天空噼噼啪啪地落下。

“小心这个！”达什发现墙上出现了一道裂缝。虽然只有大概两英尺深，却足以让他们猜到接下来会发生什么。

“克里斯可没说他正在把我们往战火中丢啊！”加布里埃尔一个劲地抱怨，上气不接下气。

“可他又怎么可能知道这些？”达什道。

“奥米伽队的人却知道。”加布里埃尔把问题指了出来，“谁告诉他们的？”

“各位，谁知道什么并不重要了，”派珀道，“重要的是，我们现在要做什么。四处硝烟弥漫，我们怎么找到元素？”

达什心里赞同，这才是重点啊！可是他无言以对。

“克里斯？卡莉？”他对着戴在手腕上的腕带电脑呼叫。这手环能让他与飞船巨大的知识库联网——而且同样重要的是，他还能联系上其他队员。“在飞船上的你们，能给我们出出主意吗？”

他期待着见到卡莉通过腕带电脑的屏幕朝他看来，但什么都没有，除了静电。

他又试着呼叫：“喂？云豹号？收到我的信号了吗？”

“肯定是因为大气。”派珀道，“克里斯警告过我们。”

“要么就是电磁干扰。”加布里埃尔补充道，“如果整个星球又恢复生机，那么它肯定会释放出大量的电磁波。”

现在去纠结丧失信号的原因已经无济于事了。不管是哪个原因，信号已经没了，他们已经无法和云豹号取得联系。

他们只能孤军奋战了。

“什么？没信号了？”卡莉大呼，她重重击打着屏幕，仿佛能将它震醒似的。一大群 ZRK 发出了尖锐的警报声，继而飞至她头顶上盘旋，仿佛在等着看她把东西砸碎的好戏。

可是任凭她如何折腾，事情都没有好转，除了静电，还是静电。

“这可不是坏了的自动贩卖机，”克里斯警告她，“请你对它温柔点。”

“温柔点？在一个陌生星球却没有任何后援的人可不是

我！真正应该小心翼翼的人可不是我！”

“请你冷静。”克里斯道。

“你让我怎么冷静？我们不知道下面在发生什么，完全没办法帮助他们，也不知道他们到底是个什么处境。”卡莉懊恼地拍了一下飞行座椅的边沿。

这一下真疼啊。

她做了个深呼吸，然后又一个：“好了，我平静多了。”其实她言不由衷，但如果再多来几个深呼吸，就差不多了。

卡莉这样怒气冲天，不仅是因为这不中用的飞船，还因为大气干扰，因为克里斯的冷静，因为其他小伙伴遥远到让她鞭长莫及，但更重要的，是因为她自己的无能。她真是个十足的胆小鬼，害怕到不敢登陆。现在，队友们可能正面临着难以想象的危险，她却在这儿毫发无损，甚至连忙都帮不上，连话都说不上。她不是最了解飞船吗？她不是能应对任何突发的危机吗？

可现在，她连一个蠢爆了的无线信号都处理不了。

“我们之前已经预料到这个问题了。”克里斯提醒她，“大气中充满了雷暴，通信肯定会存在困难。”

“我们真的束手无策了吗？”卡莉问。

“没办法，只能等。”克里斯回答。

卡莉这辈子，最不擅长的就是干等。如果达什他们与自己中断了联系，那么她理应做些什么。

“你可以去图书馆待会儿。”克里斯建议道，他仿佛能一眼看穿她的心思，“说不定能发现增强信号的方法。”

“你不认为我该和你一样留在这里吗？万一信号又回来

了呢？”卡莉反问道。

“我会一直盯着通信系统的。”克里斯向她保证，“一旦有什么变化，我会第一时间通知你。如果雷暴过了，那么通信应该能恢复正常。”

“可在那之前呢？”卡莉道，“如果地面发生危险，而他们又联系不上我们怎么办？如果他们需要我们的支援怎么办？”她完全搞不清楚，克里斯怎么可以平静到这个程度。

“一切都会好起来的，”克里斯道，“我坚信。”

卡莉皱了皱眉：“也就只有你信。”

“快来啊，云豹号！”达什、加布里埃尔和派珀的身体紧贴着高耸的铜墙铁壁，头顶上刚好有一处凸出的遮蔽物。虽然外边依旧火雨滂沱，但他们安全了——暂时安全了。可他们还是被困在这里，无法在这个大家伙中找到任何出口——这里没有门，只有一面高得看不到顶的墙。如果他们无法进入这面机械墙，那么他们就无法找到能够盛放马格努斯 7 的容器。

更何况，他们显然已经被卷入了一场战争。

他们之前的应急支援方案，完全就是为了这么坏、很坏、十分坏、非常坏、坏透顶的情况准备的。不幸的是，那个方案需要云豹号的帮助。

然而此刻，他们与云豹号失去了联系。

“云豹号，这里是达什。”也许虽然他听不到云豹号的回答，但云豹号还是能听见他的呼唤，“我们已经登陆，但被卷入了一场战争。我们还不太清楚如何找到元素，但——”达什试着让自己听起来更加坚定，就像一位领导应该有的样子，“我们总会找到方法的。所以，如果你们在飞船上能听见我们……”

“说话的是谁？”

一个声音突然从耳机里传来。

不是克里斯，也不是卡莉。

这是一个深沉的、苍老的声音，而且听起来并不高兴。

达什、派珀和加布里埃尔面面相觑，眼中写满惊恐。达什清了清嗓子，反问道：“你又是谁？”

那边顿了顿，仿佛在思考如何惩罚他的无礼，继而道：“我是加琴大帝，这是我的星球。小屁孩，你们给我一个不把你们从我地盘上抹去的理由。”

第6章

“怎么样？”那声音又响起了，“本尊在等着呢。你们给我解释清楚，否则本尊就让你们承担后果。”

达什觉得自己这颗小心脏快从胸腔里跳出来了。

“是外星人。”派珀低语道，好奇地睁圆了眼睛。

“别开玩笑。”加布里埃尔说着，试图让自己听起来不那么害怕。

自从加入阿尔法计划，他们经历了无数不可思议的事情：可以穿越整个宇宙的飞船，会说话（还能对烂电影滔滔不绝）的机器人，飞行座椅，腕带电脑，空气管道，ZRK 机器人……更别提那在 J-16 行星上见到的比阎罗王还恐怖十倍的阿贡盗龙了。他们的世界观早就被一次又一次地摧毁和重建。但之前的各种奇遇，都远不及这次让他们震撼。

外星智慧生命。一个真实、鲜活的外星人正在和他们说话。

没道理呀！之前对元初星的勘测并没有显示任何外星生命的存在——那发出这个声音的又是谁？这声音通过他们内部

的通信渠道和他们对话，能用人类的语言沟通所有问题，而听起来，却像是电子游戏里大坏蛋的声音。

“你觉得会是个机器吗？”达什问加布里埃尔，“比如机器人，或者是录音？”

那人清了清嗓子，喉咙里的隆隆声既深沉，又恐怖：“我可以认为，你们选择的是承担最坏的后果吗？”

“呃，我觉得这可不是录音。”加布里埃尔道，“也许你得回答他。”

“快点儿！”派珀补了句。她看得出来，达什害怕说错话，便鼓励道：“没事的。”

达什思考着，目前有两个选择：第一，捏造一个加琴大帝听了可能会高兴的谎言，然后祈祷他老人家别把他们从这个星球上抹去。第二，告诉他真相。

达什做了个深呼吸，希望自己的选择是正确的。他将腕带电脑靠近自己的嘴，让声音洪亮而清晰：“我们来自地球，一个离这里非常遥远的星球。我们正试图拯救我们的星球。在您的星球上，有一种叫作马格努斯 7 的元素，我们需要采集一点点，就一点点，然后带到我们的飞船上。之后，您将永远看不到我们了。”

“所以你们打算从我这儿偷东西？”加琴大帝咆哮道。

“呃……可以说是借吗？”

“啊，那你们会还回来吗？”加琴大帝追问道。

“呃……”达什瞪着加布里埃尔和派珀，但他俩都呆若木鸡，“应该还不回来了。”

“所以你们就是小偷，来这儿就是打算从我和我的星球这偷东西。”

接下来，是一阵漫长而恐怖的停顿。然后，加琴大帝居然笑了，那笑声听起来让人感到温暖和踏实:“我尊重你的诚实。”

达什突然间就松了口气。如果真要把他们像苍蝇似的一巴掌拍死，加琴大帝是不会笑成这样的，至少他们不认为会这样。

达什继续道:“这么说，您不介意我们采集一些马格努斯7，然后离开了？”

“你哪只耳朵听见我这么说了！”加琴大帝又怒了。

达什看着其余俩人，朝俩人努了努嘴。

“不过……”加琴大帝的声音逐渐减弱。

他们三个纷纷振作精神，这个“不过”给了他们希望。

“不过什么？”派珀问。她对这神秘声音的紧张程度丝毫不亚于其他俩人，但她同时也极度好奇，这家伙是谁？他想从他们身上得到什么？他和这两面机械墙以及两岸飞来飞去的火球之间到底有什么关系？

“不过，也许我们能合作。”加琴大帝道，“我知道如何收集你们所说的马格努斯7，而你们——可以帮我打赢这场战争。”

“如果我没听错的话，刚才你说这是‘你的星球’。”加布里埃尔道，“如果整个星球都属于你，那你又和谁作战呢？”

“也许我刚才说的，呃……并不完全准确。”加琴大帝承认，“这确实是我的星球，但它也是卡因大帝的星球。我们俩已经根据一条中间线把星球分而治之了。岩浆河的这边是我的领土，这里是美丽的、闪闪发光的奇幻金属王国。而在河的另一边，我永远的敌人则统治着他黑暗的、破旧的王国。他潜伏在那些破败生锈的廉价配件搭起的高墙后面，他活着就是为了折磨我。当然，你可以用自己的眼睛判断我们两个王国到底不同在哪里。”

“呃……”对于达什来说，这两面墙看起来没两样，全都是灰色的，毫无特点，“当然可以。”加布里埃尔捂住嘴，忍着不笑。

派珀瞪了他们一眼。“你俩之间到底发生了什么？”她问加琴大帝，“你们为什么要打仗？”

“为什么？因为……呃……因为……”加琴大帝支支吾吾的。

“我是说，你们打仗的目的是什么？”派珀把话挑明了。

“我们为胜利而战。”加琴大帝道，“除此之外还能是什么？”

“是啊，胜者为王。”加布里埃尔赞同道。达什也点点头。

派珀边叹气边摇头。即便是外星人，也是这么争强好胜。不过如果卡莉在场，或许她会是第一个赞同加琴的。而安娜就更别说了，她是派珀见过的最争强好胜的人。难道只有派珀一个人认为胜利不是一切吗？难道战争不应该有别的目的吗？

答案是显然的。

“我们之间的战争已经延续好几个时代了。”加琴大帝继续说道，“但之前的好几年，因为有休战协议，我们一直相安无事。现在，卡因大帝撕毁了协议，而受伤的一方是我。”

“受伤的一方？你在战争中负伤了吗？”达什问。

“你受伤了以后，有拿什么东西来疗伤吗？”加布里埃尔补充道。

“我说的受伤的一方，指的是我这边并没有做错。”加琴大帝语气有些暴躁，“卡因大帝在没有警告、没有缘由的情况下袭击了我。”

“等等！”达什突然明白了他的意思，“第一炮是从我们这边打出来的，照你的意思，我们此刻都是在卡因大帝的领地上？”

“当然！”加琴大帝道，“这里的墙又脏又旧，你看不见吗？”

“对对对。”达什急切道，他不禁再度紧张起来。无论这位卡因大帝是何方神圣，他是绝不会希望看到一群陌生人和他的老对头加琴大帝在他的地盘上密谋什么的。

“我们还算走运。”加琴大帝补充道，“在卡因大帝的地盘上,有我们双方都需要的东西。所以,我们可以互帮互助吗？”

“我不知道。”达什道。难道要莫名其妙地卷入一场外星战争吗？这让他迟疑了。更重要的是，他们连这场战争的目的是什么都不知道。

“那如果我告诉你，你们别无选择呢？”加琴大帝道。

达什可不喜欢这个口气，这是赤裸裸的威胁。“怎么说？”

“刚才你们看见那些小机器人了吗？它们从河里收集岩浆，然后把岩浆带到墙后边。”加琴大帝道，“它们叫作猛击者。卡因大帝和我都用这样的机器人来收集岩浆，让我们各自的领土更加巩固。你可以带走一个机器人，用它来盛放马格努斯 7，我会把它们安全地送上你们的飞船。但这需要我帮你们给一个机器人重新编程。”

“那要我们做什么来报答你？”达什问。

“我的一个猛击者正潜伏在敌方做间谍，你们要把它找出来，它就在卡因大帝的通信中心。当你们找到郁金香……”

“郁金香？”加布里埃尔好奇道。

“就是那个间谍的名字。”

“你叫这机器人‘郁金香’？”加布里埃尔满是怀疑的口气。

“这是个雌性的机器人。你有什么问题吗？”

“没有。”达什忙道，他用眼神示意加布里埃尔快住嘴，“没有没有，当然没有。”

“没有最好。所以，当你们发现郁金香，她会带你们找到控制卡因大帝整个机器世界的开关。你们要关掉这个开关，让卡因大帝使不上劲。只要你们做到了这点，我就帮助你们给郁金香重新编程，并收集你们所需要的马格努斯 7。听见没有？其实很简单，这是个双赢的合作。”

“但我听见的，是我们上刀山下油锅，帮你赢得战争。”达什道，“而你呢，却躲在你的高墙后边，舒坦又安全。”

“好吧，是的，你也可以这么认为。”加琴大帝道，“但是我的说法听起来让人舒服多了，不是吗？另外，我还能承诺：如果你们同意帮忙，我也能保证在你们安全到达墙后边之前，不会向你们的方向发射任何火球。”

“如果我们不同意呢？”达什问。

加琴大帝突然开怀大笑，“谁会这么蠢？”他笑个不停，“除非你们觉得自己被烧成灰很有趣。”

“他说得对，”派珀低声道，“我们没得选了。”

“我知道。”达什边说边暂时关掉了通信设备，“我只是不喜欢这气氛。”他居然正在和一个外星智慧生命说话，这让他感到有些畏怯。说是有些畏怯，倒不如说是十分惊恐。

“我们怎么就能信任他？”达什道，“我们怎么知道他说的都是真相？现在疑点还有很多。”

“比如说？”派珀问。

“比如，他怎么会说人类的语言？”达什把疑问挑明了。

“他可是个超级聪明的外星智人。”加布里埃尔道，“外星智人总是说人类的语言——或者，说不定他说的就是自己的语言，但使用了某种超级先进的微型自动翻译设备，然后将他说的话转化成了你我都听得明白的语言。就是这么简单。”

“你是电影看多了吧。”达什道。有时候，他真的怀疑加布里埃尔沉浸在自己的电影中，把自己幻想成男一号。没错，在电影里，外星人总是有各种各样的办法说人类的语言，而且电影往往会把谁是坏人、谁是好人明明白白地告诉你，要分辨出谁值得信任，这在电影里一点儿都不难。但这可是现实世界啊。

万事不易！

“别这样，难道你就不想看看高墙里面有什么吗？”加布里埃尔道。他十分渴望能看看所有的机器。

“我十分肯定，那个卡因大帝就在墙后头。”达什道，“而且，如果他看见我们的话，这次冒险可就一点儿都不有趣了。”

“我们可以悄无声息，速战速决呀。”加布里埃尔道，“我们本身就有能力搞定这事，更何况现在我们必须搞定它。”

达什希望现在能与克里斯和卡莉连上线，但就算连上线也没用，他们已经别无他法——他们需要马格努斯 7，而帮助加琴大帝是得到元素的最佳途径。“这么说来，我们都同意了吗？”他问队员。这可不是个小决定，如果不是所有队员都愿意，他是断然不会冒这个险的。

“我说过，咱们别无选择了。”派珀道。

“我们为自己打一场胜仗吧！”加布里埃尔道。

达什打开通信设备。“好吧，”他对加琴大帝说，“告诉我们怎么做。”

克里斯通过大屏幕监视着元初星，试图让自己紧张的神经放松。从他现在的位置来看，元初星就像是一颗圆溜溜的灰色球体，它完整而宁静。但他还知道更多：这个世界充满了冲突，这是一个机器的世界，一个毁灭的世界。这个世界的两大帝王已经将其撕裂，没有什么能让他们停下，他们只想征服一切。

而正是他把自己的队员送入了这样一个世界。达什、派珀和加布里埃尔就在下边，努力让自己存活。他们以为克里斯也许已经将他们抛弃了。

克里斯不禁叹息。他本以为自己掌握了外面的情况，但这星球表面出了某种让他也不知如何解释的状况。也许，这种状况和他们所在轨道上的另一艘飞船脱不了干系，或者说，和那艘飞船上那个和克里斯长得一模一样的少年脱不了干系。

克里斯在想：是不是应该把真相告诉自己的队员。

他不喜欢对他们撒谎，尽管这是为他们好。

他告诉自己，一旦他们返回飞船，就要把自己知道的一切告诉他们。

他们返回后马上就说。如果他们能返回的话。

第7章

加琴大帝按照他承诺的那样做了。在他的指挥下，达什他们跟着在高墙和河边来来往往的猛击者，向高耸的金属墙进发。三人分别紧跟一个猛击者，那儿有一堵银色的墙在开开关关，每打开一次，仅容一个猛击者通过。

“你确定要这样吗？”在和自己的猛击者靠近巨门之时，达什忍不住嘀咕道。门关上的时候力量巨大，门扇看上去锋利得足够将他切成两半。

猛击者似乎并不知道他的存在。达什看到它胸前那个小而突出的圆环，非常像个枪口。

他怕的就是这个：十号基地的魔鬼训练仿佛又回来了，那些猛击者会从它们胸前射出激光束。可那些猛击者只是全息影像，它们的激光束是无害的。

这次，阿尔法队就没有那么走运了。

“只要和猛击者步调一致地走进去，你们就会没事。”加琴大帝道。

他们本不该信任一个外星人，但此刻还有什么别的办法呢？达什将自己的肩膀和猛击者对齐，派珀的飞行座椅悬浮在她的猛击者身边，加布里埃尔和他的猛击者也迎头赶上。

“准备好了吗？没什么好怕的。”达什和他的猛击者已经跃跃欲试。猛击者站在恢宏的大门前，不停地发出哔哔声。银色的大门滑开，猛击者走了进去，达什也匆匆跟着，在大门关上之前进入了。大门轰然关上时，他能感受到一阵热风冲向他的颈部，他不禁颤抖起来。真是生死一瞬间啊！

门又开了两次，派珀和加布里埃尔先后成功进入。阿尔法队的三名队员震惊地环顾四周。十号基地对这个地方的全息模拟和实际一比，简直是天壤之别啊。

这里是一个工厂，规模和城市一般，满眼都是活动的金属。传送带在空中交错像高速公路一样带着猛击者去往各处需要去的地方。目力所及之处，传送带和猛击者上上下下地移动。一束火焰穿过这巨大空间的中心射上来，又被某种力场给收住了。金属管道将红彤彤的岩浆往外墙运输，并通过漏斗状的容器将其装入巨型大炮。火焰柱周围的隧道和廊道盘根错节，螺旋式地向上延展，估计有几英里长。

这里的一切都在运动，不仅仅是猛击者和传送带，甚至连高墙本身都在动。墙面覆盖着钢铁和黄铜做的机器、刻度盘、读取器、闪烁的指针和显示器、来回运动的活塞，以及旋转的齿轮。

加布里埃尔感觉仿佛在梦中见过此情此景。机器的世界，万物由规则主宰，由特定的、可理解的物理定律主宰。在这个世界里，你可以忽略一切具体事物，只看它如何运转。这就是一个世界应该有的样子，加布里埃尔想。这是他到过最陌生的地方，却又感到无比熟悉。

而达什呢，他只在自己的噩梦中见过这种移动的棋盘式地面。在他们和围绕中央火焰柱的走廊之间并没有结实的地面。空中旋转的都是飞来飞去的铜板，它们将猛击者从一条传送带送到另一条传送带。在地球上的时候，他们曾在这个星球的模拟场景中训练过，而达什、派珀、加布里埃尔和卡莉通过了考验。

但他们作弊了。

“让我猜猜。”他疲惫地对加琴大帝说，“我们必须穿过这些乱飞的铜板，然后进入其中一条隧道？”

“没错。”加琴大帝说，“这些隧道会带你们到这个地方的更深处，直至你们到达它的心脏地带。”

“那我们又该如何到达隧道口呢？”达什问。

甚至连加布里埃尔都显得很紧张：“是的，咱们这回面对的可不再是全息影像了。这次如果我们从铜板上跌下去，或者被猛击者切碎……”他瞥了一眼他们站立的地方，这个建筑不仅高不见顶，还深不见底。一旦他们栽了下去，估计连坠落都得费好长时间。

加布里埃尔将手指比画过喉咙，道：“不能重来，也不能作弊！”

“也许可以作一点儿弊。”加琴大帝说，“我很清楚这些程序，我可以帮你们渡过难关。”

加布里埃尔心无旁骛地盯着那些飞行的铜板。“但我看不出规律啊，”他说，“这是随机的。每次我感觉它在遵循某种规律的时候，它却偏偏朝别的方向飞了。”

“愚蠢的人类，你们以为随机的东西，却遵循了一个更高级的智慧法则，安排得完美无瑕。”

“你说人类什么？”加布里埃尔道，感觉自己遭到了羞辱。

“你真的能帮我们过去吗？”达什很快插话。如果加布里埃尔觉得自尊心很受伤，那他们一整天就只能吵吵嚷嚷，什么也做不了了。

“我当然可以。”加琴大帝很确定，“你们的腕带电脑都会发出一个电子信号——我能准确地追踪你们的行动。只要你们乖乖按我说的做，我包你们没事。”

“如果我们身上被激光射出一个窟窿，你觉得他会把这算作没事吗？”加布里埃尔轻声道。

派珀清了清嗓子。“呃，各位，现在只有一个小问题，或者……”她指了指自己的悬浮座椅，“也可以说大问题。”

“哦！”达什发现自己真是犯糊涂了。派珀是无法从一个铜板跳到另一个铜板上的。虽然悬浮座椅是科技的精华，但还是有一些它也做不成的事。它无法在高空悬浮。

派珀不想承认这种无能，但是她也不愿让自己影响任务的执行。“我没事。”她说，“要不我就留在这儿，给你们守门吧。”

“你不必这么做。”加琴大帝又发话了，“注意看从你们脚下延伸到中央火焰柱的那些大梁。”

队员们确实注意到了这些大梁。这是一组钢筋，它们以极陡的坡度伸向火焰柱，支撑着它的重量。

“你完全可以沿着其中一条钢筋到达你想去的地方。”

派珀莞尔一笑：“你说得太对了！”

“先别高兴得太早，派珀！”达什道，“这些横梁都不足一英尺宽，你怎么敢肯定悬浮座椅能在上边保持平衡？万一你摔下去怎么办？”

“如果我摔不下去呢？”派珀反问。还不待对方回答，她便驾驶座椅向前冲去。

“冲啊，派珀！”悬浮座椅顺着钢筋往上冲的时候，加布里埃尔不禁欢呼起来。

见到悬浮座椅在钢筋大梁上摇摇晃晃，左一歪，右一斜，达什不禁屏住呼吸。她现在飞这么高，一旦坠落……

“你们在等什么，慢死了！”派珀在大梁顶上顺畅滑行，不久便来到一个巨大的钢铁隧道口附近，“快上来！”

加布里埃尔惊讶地摇着头说：“她总是装作无比谨慎和务实，但有时候我怀疑这姑娘不管碰上什么冒险，从来就没有不喜欢的。”

“我已经有些厌倦冒险了。”达什说着，试图舒缓胸腔内的紧张，反正派珀已经安全了，至少和他们一样毫发无损，“也许我们要找的下一种元素是在一个美丽而静谧的星球，带沙滩的那种。”

“别胡思乱想了，人类！”加琴大帝道，“还是先专注于这个星球吧！”

达什看着来回飞动、嗖嗖作响的铜板，试图摒弃一切自己在训练中摔下去的记忆。

“准备好了吗？”他问加布里埃尔。他们各自就位，只等着加琴大帝一声令下，就开始起跳。

“准备好了！”加布里埃尔自信满满。

“很好。”加琴大帝道，“预备——跳！”

话音刚落，他们就一起跳到了刚刚飞到他们脚下的铜板上，然后一直站在上面，直到加琴大帝又喊：“再跳，往左边！”

“停！”

“跳！再跳！再跳！停！”

他们跳一会儿，等一会儿，再跳一会儿。他们从一块铜板跳到另一块铜板，就像是在玩全世界最紧张刺激的红绿灯游戏。

在往左跳上一块铜板之后，另一块铜板从他们眼睛的高度疾驰过来。“躲开！”加琴大帝喊。但加布里埃尔迟了半秒，铜板擦过他的头部，他立马失去了平衡。

加布里埃尔开始摇摇晃晃，但达什搂住了他的腰，把他稳住了。

“哇，太险……”加布里埃尔还没发表完感叹，加琴大帝就把他打断了。

“五秒之后，跳得越高越好，然后牢牢抓住。”

“抓住什么？”加琴大帝开始倒数，达什不禁问道。

对方没有回答，只是继续倒数：“……三，二，一，跳！”

达什和加布里埃尔使出吃奶的力气，跳了起来。

达什将手臂张开，试图抓到什么……

“耶！”他的手指握住了一根细小的金属棍，他马上牢牢抓住。加布里埃尔也悬在了他的身侧。他们正悬挂在一架金属梯子最底部的一根棍子上。顺着这梯子往上，就能到达一个陡峭的钢筋隧道的外围，他们脚下，则是无尽的深渊。

“现在怎么办？”加布里埃尔咕哝着，他的手已经因为出汗而开始打滑。

“现在去找你的小伙伴呀。”加琴大帝回答道。

达什伸着脖子去找派珀和她的悬浮座椅，只见她在梯子顶端悬浮着，很高很高。“你说得倒轻巧。”他抱怨着，痛苦地将自己往上拉，一次登一级。他感觉自己的手都要因为用力过度而受伤了。还好，之前蒸汽给他们进行了魔鬼训练，他们才能够坚持下来。

现在，他们身下的阶梯已经很长了。终于，达什已经爬得够高，能够双脚稳稳地站在梯子上边，而加布里埃尔仅落后他一步。他们虽然爬得很缓慢，但是问题不大。两人不断往上，直到终于跟上了派珀，来到坚实的平地。当然，也不知道这个悬挂在离地面一百英尺的巨型隧道的入口，算不算是平地。

“你俩怎么搞的，这么久才上来？”派珀笑着讥讽道。

不管是加布里埃尔还是达什，都没有力气和她斗嘴了。

“不客气！”加琴大帝在他们耳边说。

“你完全高估了我们对你的感谢之情。”加布里埃尔说。他揉着酸疼的肩膀想，达什说得没错，下次去一个带沙滩的星球是个不错的主意。再来点儿热带沙冰饮品，玩玩冲浪，没有食肉猛兽，也没有住在巨型建筑里流着鼻涕的外星人。

“继续啊，”加琴大帝说，“你们的任务是到达建筑物的中心枢纽，并在那里找到我们都需要的东西。”

“是的，你的间谍机器人，花瓣。”加布里埃尔说。

“她叫郁金香。”加琴大帝纠正他。

“你确定她能帮我们拿到马格努斯 7 吗？”

“我确定，如果你们能顺利关掉敌人的通信枢纽，我一定会指引你们接近你们的目标。”

这个回答并不十分直接，但很明显，这是他们能够得到的最好的回应了。

“这地方真是个迷宫。”派珀和其他两人摸索进入隧道深处，隧道在某个地方出现了三条岔，“这又要我们怎么走？”

“别担心。”加琴大帝安慰他们，“我会告诉你们正确的路径。现在，找到你们左手边第三个分岔，一直走，直到它再次分岔，然后选择你们右边的岔口。”

达什、派珀和加布里埃尔一步一步跟着加琴大帝的指示走。他们绕过一个又一个转弯口，逐渐深入卡因大帝的王国。那是一个黄铜和钢铁打造的王宫。在加琴大帝的指挥下，他们经过蜿蜒狭窄的隧道，爬上了更多冰凉的、似乎伸到天空的金属楼梯。他们又抓着荆棘一般的铁藤，爬上了一堵陡峭的墙壁，接着，顺着另一个梯子往下爬，感觉仿佛爬了有一英里，之后顺着一个光滑的银色陡坡不停下滑，七拐八绕的，感觉仿佛又滑了一英里。

估计这是全宇宙最荒唐的索道游戏了，或者是某个诡异的狂欢节游乐宫。

他们丝毫看不见卡因大帝的踪迹，甚至连任何活着的生物也看不见。他们只是越过了成百上千的猛击者：从河里运输岩浆的猛击者，出去获得更多岩浆的猛击者，做维修的猛击者，修建新隧道的猛击者，制造新猛击者的猛击者……似乎没有任何猛击者注意到他们的存在。达什禁不住想，万一它们突然发现他们了，那该怎么办。

“我不喜欢这感觉。”派珀悬在一条狭窄的铁索桥上说。尽管这桥连接的两块平地相隔不远，但他们脚下的深渊足有数百英尺深。她在腕带电脑的接收器上按了静音。“就算加琴大帝可以指导我们进来，但如果他不带我们出去呢？不清楚你们怎么想，但我真不知道自己怎么出去。”

达什无言以对。虽然他一直在努力记路线，但毕竟经过了太多的弯弯绕绕，要完全记下路线是不可能的。他不明白加琴大帝是如何凭借记忆做到的。

当然，这么想的前提是，加琴大帝这一路并不是在瞎指挥、碰运气。

“这地方完全在胡闹，就像一个诡异的机械游乐场。”加布里埃尔说着，踮着脚尖走过桥，安全到达了对面。

达什轻声道：“你发现什么不对劲了？”

“也没有，只是他设计的方式毫无道理。”加布里埃尔一直在认真记路线，试图发现这鬼地方的设计逻辑，但这里毫无逻辑。如果外星人有能力制造这些机器人，还能建造一座城市规模的工厂来容纳这些机器人，那么他们的智商也一定足以让这座工厂的设计符合逻辑。“你们想想，这些隧道要么就哪儿都到不了，要么就哪儿都能到，除了我们真正想去的地方。好好想想，我们要去的难道不是通信中心吗？既然如此，为什么要设计这么多弯弯绕绕？还不如让人一次性爬到最高处，然后对着中心的方向直接滑下去。”

“因为滑滑梯很有意思？”派珀问，“如果从这儿出去只需要坐一个巨大的滑梯，那我也没啥好抱怨的。”

“别这么说，他的话有道理。”达什边说边想。这里的路线让他想起了云豹号上的隧道游戏。没错，你从 A 点直接滑到 B 点并不困难，但这又有什么意思？云豹号上的隧道，旨在让你寻找出最长的路线，如果你愿意的话。这个设计理念曾让达什深感震惊，他也就此问过克里斯，而克里斯的回答很简单："如果你可以建造一个有趣的东西，为什么还要建一个无聊的？"

"也许这位卡因大帝只是喜欢玩游戏罢了。"达什说。铁索桥的另一边，也就是他们现在站着的地面，通向另一条隧道，隧道两边的墙体光洁锃亮，他们甚至能照见自己。达什叹了口气，带着两名队员往里走。他又打开了腕带电脑："加琴大帝，我们还要走多远？"

对方没有回应。达什检查了腕带电脑，什么毛病也没发现："加琴大帝？说话呀？"

他听到一阵突如其来的静电的声音，接着，这声音又淹没在了一阵洪水般的笑声中——可这笑声并非来自耳机，听起来，它似乎来自……

"难道是墙在嘲笑我们吗？"派珀问。

确实是。不仅如此，连地板、天花板，都在嘲笑他们。笑声从四面八方传来，而达什也十分肯定，嘲笑的对象就是他们。

"刚才有谁提到过游戏吗？"他们身边的声音说。达什感觉脖颈后边都生出了鸡皮疙瘩。那声音很像加琴大帝的，但又有说不出来的异样。那腔调太冰冷，又太饥渴，几乎是欢乐中带着凶残。那声音咯咯笑道："我太！太！太喜欢游戏了。"

"难道是卡因大帝？"达什试图压抑住慌张。

"我知道你听得到我说话，加琴大帝。"卡因大帝继续说道，“别……别枉费心机来回答了，我等下会把你的通信给屏蔽了，我可不觉得我们有必要再听到你的声音。不过我得感谢你，这么好心地送给我几个玩伴。也许等我哪天玩腻了，你还能把他们给要回去。”说着，那卡因大帝又笑了起来，这笑声让达什脊背发凉，“不过，我挺擅长自娱自乐的。”

“你刚才说的自寻出路的话，现在还记得吗？”达什对加布里埃尔耳语，“也许现在是时候了。”

“动作快点。”加布里埃尔附和道，他们转身朝向铁索桥。

而就在此时，一堵铁墙唰地落下，还差几英寸就碰到了达什的脸。这堵墙挡住了他们后退的路。

“不是吧，这么快！”达什惊慌地喊道。

话音未落，另一堵墙又砸了下来，挡住了他们前进的路。

他们被困在了一个铁笼里，毫无生机！

“卡因大帝，冒失闯入，多有得罪！”达什慌忙道，“我们并非有意介入你们的战争，我们只是在为自己的星球执行一项任务，我们……”

“关于你说的任务，我全都知道，”卡因大帝道，“我比你自己还知道你为什么会跑到这里来撒野。但现在，你们还活着的唯一原因，就是取悦了我。”

“你觉得吓唬几个毛孩子很有意思吗？”派珀语气中满是对抗。

“我觉得太有意思了。”邪恶的笑声再次传来。

“好吧，我觉得你真是个可悲的人。”派珀啐了口唾沫。

加布里埃尔拍了拍她的肩膀。“别得罪可以像拍死苍蝇一样把我们拍死的家伙。”他悄声道。

“如果我是你，我一定会听从朋友的忠告。”卡因大帝说。

“而如果我是你，我一定会去做更重要的事情，而不是跟一群试图拯救他们星球的孩子瞎胡闹。”派珀说着，脸因为愠怒而泛红。达什对她心生佩服之情，虽然他也希望派珀赶紧闭嘴。

但派珀这倔脾气一上来，完全刹不住。如果某个对权力有无限渴望的外星人想要镇压她，也许她无法在肉体上进行反抗，但是她至少可以告诉那人，她怎么看他，怎么看他那愚蠢的星球。“我们几个，正在冒着生命危险去做真正重要的事。”她说，“我们离家数百万光年，长途跋涉来到这里，目的仅仅是为了拿到一点马格努斯 7。就这么点东西，从你们的河里取出来，你们连想都不会多想。但结果呢？我们莫名其妙地卷入你和一个跟你半斤八两的家伙的荒唐战争中，而我敢打赌，你们打打闹闹半天，到现在都还不知道自己到底在争什么。所以你就尽管继续笑吧，反正这对你来说也就是个愚蠢的游戏。但你知道吗，我为你感到悲哀！因为你不理解，为重要的事情而操心是一种怎样的感受，你不知道这世上有远比胜利更值得关注的东西。你永远不会知道！”

甚至连派珀自己都惊讶于从自己嘴里吐出的这番高谈阔论。在随之而来的漫长的沉默中，她一直在担心是不是自己犯了个大错。如果卡因大帝接下来要做什么坏事，估计其他小伙伴要恨死她了吧！

可是，达什给她送去一个微笑。她说出了真话，无论接下来他们要面对的是什么，达什深受触动。

“啊，你觉得游戏不重要！”卡因大帝终于发话了，“那就让我们试试看。我们马上玩一个小游戏。如果你们赢了，你们就获得了一次完成任务的机会，但如果你们输了……好吧，”他的笑声在铜墙铁壁间回荡，“就自求多福吧。”

他们脚踩的地板突然亮了，五光十色的，满眼都是发着光的彩色地砖：有蓝的，有红的，有绿的，有黄的。随着一道光射出，每堵墙也都变了颜色，四堵墙分别成了蓝色、红色、绿色和黄色。

“这到底是什么游戏？”加布里埃尔吼道。

“玩玩就知道了。”达什说着，脑子在快速运转。这些颜色让他想到了什么，可又是什么呢？“我们必须得想想。”

“最好想快点。”卡因大帝提醒道。说话间，囚笼顶部便亮起了红色的数字。

10:00。

达什抬头看去，只见数字发生了变化。

9:59。

9:58。

是个计时器，它正在倒计时。

大伙儿突然听见一声刺耳的噪音。达什盯着眼前的红色墙壁看，觉得自己想到了什么。但愿自己也确实想到了什么。

“我没看错吧，那堵墙真的在动？”加布里埃尔问。

关他们的铁盒子正在缩小。如果他们不迅速解出这个谜题，他们就要被碾为肉泥了。

“嘀嗒嘀，嘀嗒嘀，”卡因大帝笑着，“时间不等人哟。”

第8章

“还没搞定吗？”安娜盯着自己的副手问。

西恩娜弓着腰面对猛击者的控制面板，在错综复杂的网线中慢慢寻找。“还没有。”她讷讷地说，尽力专注。科林给她传授了一套复杂的指导说明，教她如何给猛击者重新编程，让机器人听从他们的指挥。这种小机器人是她见过的最精密的机器之一，她决心要搞定它。

“你给我快点呀！”安娜抓狂。他们已经深入加琴大帝领地的中心，科林向他们保证，在这儿安全不是问题。“加琴大帝不会伤害你们的。”在指导他们穿过迷宫般的隧道，寻找他们所需要的猛击者的时候，科林就保证过，“那家伙可没这胆。”

安娜讨厌不得不完全听赖于科林。如果他说错了，如果猛击者向他们进攻，那他们就算是彻底栽了。

“就目前掌握的情况，阿尔法队那群蠢货已经得到了元素。”她不耐烦地道，“他们或许都已经在赶回飞船的路上了。”

“如果真是那样，科林一定会告诉我们的。”尼克道。

“科林这家伙，只有他认为可以告诉我们的事，他才会告诉我们。”安娜针锋相对，其他人却也无从反驳。

“你觉不觉得，也许达什说得有道理？”西恩娜一边说，一边将两根线焊接在一起，猛击者发出了长而令人不安的哔哔声，但愿这意味着她的思路没问题。

“不可能。”安娜道，不过接着又问，“在哪方面有道理？”

西恩娜犹豫片刻，感觉安娜不会喜欢她将要说的话。而相处这么久，她也知道，如果说出来的话不能讨好安娜，那还是不要说的好。可是，这些话已经憋在她心里一天了。若非事情重要，西恩娜是绝不轻易开口的，一旦她认为事情重要，她将不吐不快，无论会得罪谁。“当他说，也许我们可以合作，一起争取得到元素的时候，”西恩娜说，“难道你不觉得他是对的吗？真正重要的是元素。而与他们合作，能够大大增加我们完成任务的概率。”

“谁告诉你的？”安娜果然出言反驳。

西恩娜抬头看着这位队长，有些疑惑：“你什么意思？”

“谁说合作就一定有更好的结果？”安娜道，“你有科学证据能证明吗？你有数据支撑吗？可靠数据？没有？没有的话那我就不能同意。”

此时，西恩娜和尼克都看着她，仿佛她已经有点疯了，安娜却越说越对自己的观点深信不疑。

尼克清了清嗓子，“我不是说我们要和他们整编为一队。”他道，“但你得承认，如果我们双方合作——”

“不可能！”安娜打断他，“我不会承认任何东西。”她这辈子老是能听到这样的论调，耳朵都要听出茧子了。

两个领袖比一个领袖好。

合作比竞争好。

携手共事，实现双赢！

全是些华而不实的口号，在安娜看来，也就仅仅是口号罢了，它们都是专给那些软弱的、无法自立的人说的安慰话。因为那些不相信竞争之美的人，往往就是那些无法在竞争中获胜的人。

安娜知道自己能赢，她没有问题。

学校里的老师们总是装腔作势地说，每个孩子都是平等的，每个孩子都是特别的，团队合作要比单枪匹马好。但到了家里，爸爸却会告诉她，一个团队的实力巅峰，就是最弱成员的实力。这就是为什么，做个光杆司令反而是最安全的。

爸爸教导她，一定要做第一，一定要赢，赢就意味着依靠自己。

“竞争让强者脱颖而出。”安娜道，“和阿尔法队比拼，而非与他们合作，能够让我们更快更好地完成任务。尤其是，一旦我们和他们组队，他们只会拖我们的后腿。你们该不会忘了他们在十号基地里的糟糕样子吧？”

“他们总是互相告密，拍菲利普斯指挥官的马屁。”尼克都记得，他显得很不爽。他仍然对未被选入任务组愤愤不平。

“他们确实很在意讨好别人。”西恩娜承认。和人交谈，尤其是陌生人，对她来说难于上青天，而对于达什和派珀他们，交朋友却是一件再自然不过的事情，他们似乎总明白该说什么话，而西恩娜却总是说错话。但这又怎样呢？她比云豹号上的任何孩子都要聪明，这并非什么夸夸其谈，事实就是如此。然而，就因为他们更有趣、有魅力、讨人喜欢，就意味着他们更该参与本次任务吗？

“没错，”安娜道，“然而这并不是把事情做成的办法，不过是浪费时间罢了。就让阿尔法队干他们的事吧，我们干好我们的。”

“搞定了！”西恩娜自豪地道。她俯视着这个猛击者，在想它的脸应该朝向哪个地方，如果它有脸的话，“听从我们的指挥，准备好了吗？”

猛击者哔哔了两声。

“我当你是同意了。”尼克拍了拍它的脑袋，“作为一个铁罐头，这小家伙还挺萌的呢。”

安娜不禁抖了抖。没人知道，她讨厌机器，尤其是那种听得懂她说话，甚至还能回话的机器。这个星球简直是上演了恐怖的机器秀，她迫不及待地想回到飞船里去。“快点把这家伙送到河边，咱们拿了元素就走。”

一队加琴大帝的猛击者步伐整齐地经过他们所在的地方，仿佛他们不存在似的。安娜不喜欢这些机器人的样子，也不喜欢他们胸前凸出的激光炮。

尼克抱怨道：“真不知道你为什么那么急着回去，还没受够那家伙的颐指气使吗？”

他说到点子上了。安娜活这么大，一直都忍受着爸爸让她做这个、做那个，现在，她终于距离地球几百万光年了，可谁料半路杀出个科林，还是对她指指点点。但作为队长，她认为自己有责任在队伍中贯彻纪律和尊重别人，而且，如果她纵容队员在科林背后说他的坏话，谁又知道这些家伙会不会在背地里说自己的坏话？“科林只是在为任务做最对的事。”她突然说，“如果你也觉得这样，那就快点干活吧。”

“在上面受男人的气，在下面受女人的气。”尼克噘嘴咕哝着。西恩娜强行忍住了笑。

安娜将锐利的眼神投向他俩：“瞎嘀咕什么呢？”

“没什么。”他们异口同声道。猛击者哔了一声。

三名奥米伽队队员开始返程。他们穿过一条条逼仄的过道，爬过一根根狭窄的大梁，前进速度十分缓慢，但只要加琴大帝乐意，他完全可以让路更不好走。安娜不明白，为什么加琴大帝没有尽量阻止他们。她知道卡因大帝为了减缓阿尔法队的进程，能使的绊子都给他们使了，可加琴大帝没有这么做，这就说不过去了。安娜特别讨厌那些无法解释的事情。

“报告你们的进度。”科林通过耳机，向他们发号施令。同时，附在他们手背的小屏幕上，出现了科林的面孔，他直视着他们。

“我们已经找到了你说的猛击者，现在正要往河边赶。”安娜汇报道，其实她非常肯定，这些科林已经知道了，他可以通过腕带电脑一步步监视他们的进展，“一小时之内，元素应该就能到手。”

“这元素有七千华氏度，”科林说，“我建议你别插手。”

“这是一语双关吧。”安娜道，“你心知肚明，不是吗？”

对方保持了不赞同的沉默。安娜咽了口唾沫，虽然她明面上是任务队的队长，但只要科林愿意让她降级，他是做得到的。科林是唯一知道飞船所有秘密的人，也是唯一知道他们所需元素的人——可以说，他几乎能为所欲为。

“对不起。”安娜说，她痛恨这种滋味。

“对了，阿尔法队那边现在怎么样了？”尼克试图转移话题。看着安娜尝试向他人屈服，他怎么都觉得奇怪，她特别不擅长这样做。旁人都看得出来，她在说出“对不起”的时候有多么的痛苦。她终究是个骄傲的人。

安娜感激地对尼克笑了笑，但很快从脸上将这个笑容抹掉了。感谢是展现懦弱的另一种方式，这也是爸爸的教导。

“没必要担心那些人，”科林说，“他们在忙着别的事呢。”

西恩娜对尼克皱了皱眉，忙着别的事？这是什么意思？

“阿尔法队真的对这个星球的情况一无所知吗？”西恩娜问科林。

“并不是所有人在分享信息的时候，都如我这般慷慨。”科林道，“我对你们这么开诚布公，你们真应该感谢我。因为和某些人不同，我对你们是信任的。”

“没错，相信我们不敢违抗你。”尼克咕哝道。

“你说什么？”科林厉声说道。

“没什么。”尼克忙道。他暗暗发誓要改掉这个发牢骚的习惯，否则早晚会惹祸上身。

“呃，科林，”西恩娜迟疑道，“阿尔法队……他们没遇上什么危险吧？我们把他们远远甩在后头，这没问题，但他们不会因此而受伤，对吧？”

“如果他们真受伤了，你会在意吗？”科林反问，他的语气听起来似乎真的很好奇，“他们可是你的敌人，在他们身上发生的任何倒霉事，对你来说都是有利的。”

西恩娜简直震惊了。她知道科林这家伙与众不同——这个措辞已经很客气了，但达什、派珀和加布里埃尔也只是想做正确的事情而已。

“我不想他们发生什么不测。”西恩娜坚定地说，“我们都不想，对吗？”她用锐利的眼神看着自己的队友们。

“当然！”尼克附和，他甚至直到现在都不担心阿尔法队。

他们二人扭头看向安娜，等着她的回答。

安娜又翻了个白眼，但她也明白，有时候，作为队长就意味着你要和自己的队员们站在同一条战线上。“我同意，科林，我们不希望阿尔法队遭遇任何不幸。”她说这话的时候，仿佛那几个傻瓜真的要遭殃。其实他们是地球上最幸运的孩子，至少比安娜要幸运。除了运气好，他们究竟凭什么在争夺任务机会的时候把她给挤出来了呢？反正肯定不是因为他们更加优秀。

“嗯，”科林听上去好像在认真考虑，接着他又说，“知道了。”

信号便没了。

西恩娜皱眉道：“你们相信他吗？”

“相信他什么？相信他不会伤害云猫号上的小家伙们？”尼克道，“当然，呃，好吧，也许。”

“不仅仅是这个，”西恩娜说，“每件事，他说的每件事。他知道太多我们不知道的秘密，包括飞船，包括这次任务——我们几个的命就抓在他手心里。我们能信任他吗？”

许许多多个夜晚，当安娜躺在光刃号上辗转反侧的时候，她也问过自己同样的问题，而夜复一夜，她得出的结论都是一样的。“你说得没错，他掌握着我们的命。”她把话挑明了，“所以我们并没有太多选择。”

第9章

“喂，兄弟，墙就要合上啦！”加布里埃尔大喊大叫。

“我看到了！”达什吼回去，“你喊有什么用？”

“我觉得这可以使我舒坦一点儿。”加布里埃尔又喊，声音甚至更大了。

“真的？”

加布里埃尔叹口气：“并没有，我还是觉得这个果汁盒就要被挤瘪了。”

“肯定有办法，”派珀道，“我们得开动脑筋。”

所以他们就开动脑筋了。墙壁和地板都闪耀着不同的色彩。计时器上的时间，在一分一秒地减少。他们绞尽脑汁。

“横向有十五块地板砖。”加布里埃尔喃喃道，他的眼睛眯了起来，他每次思考都是这副模样，“纵向有十八块。”

“最好改成十七块。”达什纠正道。与此同时，小空间里发出嗡嗡声，墙壁又吞噬了一英尺的空间。这些颜色呈现的感觉，达什非常熟悉，这道谜题也似曾相识，答案就在他脑子里打转，可他就是抓不住。

“这完全是随机的。”加布里埃尔一边说，一边观察着地板砖，试图在纷繁的色彩中寻找出某种规律，可都是徒劳。

这其中有某种结构，加布里埃尔能感觉出来，但问题是他无法准确看出这种结构，而且如果他再看不出来，他就要变成肉夹馍了。这么想着，他跌坐在了黄色的墙下边。

“哇！”达什喊道，他看见黄光更亮了，“怎么回事？”

派珀向绿墙飞去，犹豫地伸出手。就在她的手触碰到绿墙的瞬间，绿色也变亮了。

“这些墙肯定也是一部分，”加布里埃尔兴奋地说，“游戏的一部分。”

突然间，达什朝空气打了一拳，喊道：“西蒙！”

加布里埃尔和派珀看着他，严重怀疑这家伙疯了。加布里埃尔指了指自己，又指了指达什：“我叫加布里埃尔，你叫达什。这儿没人叫西蒙。”

“不，《西蒙》。”达什说着，肾上腺素已经在他体内汹涌澎湃了，他一直觉得这个机关的设置非常熟悉，“这是我妹妹艾比从大甩卖那儿买到的一种游戏。”

“那对我们有帮助吗？”加布里埃尔略带狐疑。

“这里有发光的彩色地板砖，”达什说，“红色、绿色、蓝色、黄色。眼熟吗？”

“但那又怎样呢？”派珀迫不及待地问。

达什试着回忆。艾比对这个叫《西蒙》的游戏痴迷了大概一周，达什受不了它哔哔的响声，把它偷偷藏在自己床下了。没过几天，他俩就都忘了这东西的存在。“这很像游戏里‘西蒙说’的部分，只是带了颜色。”他慢慢道，“几种颜色以不规则的形式纷纷点亮，你得记住是什么颜色，然后以同样的顺序敲击同色地板砖。如果你敲错了——”

说到这儿，狭小的空间里又传来了嗡嗡的声音，而墙壁又近了一点。

“如果你敲错了，程序就会用嗡嗡声提醒你。”达什如同胜利了一般。

现在，房间已经是十五块砖宽、十六块砖长，而计时器上显示的时间，也只剩下六分钟了。

“所以如果我们根据那个顺序，敲击了正确的墙壁……”加布里埃尔想了想，这是有道理的。“但是，这里还剩下二百四十块地板砖，时间完全不够了。”

“说不定只需要做一排呢？”派珀说，“每次墙壁往里挤压，都会消掉一排地板砖，这或许意味着，我们总有机会尝试下一排，直到……”

“直到一点儿机会也不剩！”达什的语气中带着警告，因为墙壁又开始嗡嗡响，并且往里挤压了，“而且，如果我们的动作不够快，程序就会认为是我们犯了错。所以快点吧！”他冲向黄色墙壁，敲击本次顺序的第一个颜色，然后绿色，然后又回来敲黄色，然后两次红色，然后——

墙壁发出嗡嗡声，一排地板砖消失。

“简直要疯了。”达什抱怨，“这房间这么大，怎么可能及时做完。”

“要不了多久，它就能小了。”加布里埃尔用沮丧的声音说道。

“我们全都动起来。”派珀提议，“我可以敲击黄墙，达什负责绿墙。”

“我可以站在角落，同时敲击红墙和蓝墙。”加布里埃尔脸上多云转晴，这法子还真不赖啊。

“好的，开始吧！”达什道。

然而这一轮操作，简直就是灾难现场。达什刚敲完绿墙，派珀就敲黄墙，但派珀还没能第二次敲黄墙，加布里埃尔就敲了蓝墙……

嗡……嗡嗡……

“这根本没用，除非有人指挥。”加布里埃尔说，“达什，你来指挥。”

“什么？”达什很意外，刚才的话真的是加布里埃尔说的吗？通常他都是最不乐意受达什指挥的那一个。

嗡嗡嗡……墙壁似乎移动得更快了，仿佛卡因大帝已经知道他们发现了游戏的规则，不想让他们赢。

达什想，或许本来就是卡因大帝在想方设法让他们输掉。

“你把颜色读出来，”加布里埃尔说，“我们根据你说的来击墙。快点儿，来不及了！”

达什专注在接下来的一排颜色：“蓝，蓝，黄，红，蓝，红，黄，黄，绿，红——”

嗡嗡嗡……

“怎么回事？”他语气中带着愠怒，“谁漏敲了——哦！”他太专注于说出颜色和看墙，居然忘了自己也负责一个颜色。

“没事！”加布里埃尔道，“让我来吧！”

“等等，”派珀道，“这不是他的错。要一边读颜色，一边记住自己负责的颜色，这太容易让人混乱了。达什，你站在房间的正中央，加布里埃尔和我一人把守一个角落，我们每人都能在同一位置敲击两面墙。”

嗡嗡嗡……

“好的，但如果我们真要通过，就得抓紧时间了。”加布里埃尔催促道。计时器上显示的时间只有两分钟了。

他们后来又犯了几次错误。一次，加布里埃尔忘了红色在他右边，蓝色在他左边。还有一次，达什把绿色说成了黄色。才干没多久，他看所有的颜色都一样了。

他们都在忍着不去责怪彼此，也都试图不去注意不断靠近的墙壁。现在，只剩下六排地板砖，三十秒。

嗡嗡嗡……

嗡嗡嗡……

嗡嗡嗡……

“红，黄，黄！”达什喊得都要狂暴了，他努力让自己的舌头不要打结，“红，绿，蓝，黄，红，红，红，黄，绿，红，绿，黄，搞定！”

突然间，所有灯都亮了起来，明晃晃的简直要亮瞎眼睛，继而，整个房间都陷入了黑暗。达什伸手不见五指，甚至无法呼吸。

如果他们刚才超时了怎么办？

如果一切都结束了怎么办？

“对不起。”达什呢喃道。他不知道这话是不是在说给自己的队员听的，他为把他们带到这种险境而道歉；他也不知道是不是在说给自己那还在地球上的妈妈和妹妹听的；他更不知道是不是在向整个地球说抱歉，他让所有人失望了。

他只是觉得愧疚。

“卡因大帝才是应该后悔的人，”加布里埃尔兴奋道，“他该后悔自己找错了游戏的对象。快看！”

他指向一面墙，它正缓缓向上抬升。

他们自由了。

“耶！”达什大喊，向空中挥舞着拳头。

“知道厉害了吧，卡因大帝！”加布里埃尔吼道。

显然派珀是唯一还明白自身处境的人，他们还被困在这个外星大帝的机械王国中心出不去呢。他们确实破解了一个谜题，免于被压成肉泥，但这并不意味着他们就能安全返回了。“呃，两位，与其庆祝，我想我们更应该……离开这儿，立刻，马上。”派珀提醒道。

“说得对，派珀。”达什道，“只是……”

只是，如果没有加琴大帝的引导，他们根本不知道自己身处何地。

达什泄气了。“我们是彻底栽了。”他说。毫无疑问，用不了多久，卡因大帝就会决定再让他们玩一个游戏。“我真的很抱歉，当初就不该带着你们进来的。”

“可是我们当时也都同意了。”派珀坚定地说。

“是的，但我是队长。”达什道，“如果我们要永远被困在这儿，那就是我的失误。”

“嘘！”加布里埃尔轻声道。

“不，这是事实，是我的责任。”

“嗨，我让你闭嘴。”加布里埃尔道，“我在听。”

他们之间有一阵漫长的沉默，然后派珀终于忍不住轻声问道：“听什么？”

加布里埃尔脸上绽放出了满意的笑容，“能量。”他说，“我可以听到。”

“什么意思？”达什问。

“或许是维持这个地方运行所需的能量，它发出了某种嗡嗡声。”加布里埃尔说。

“可我什么都听不到。”达什说。

“我也没有。”派珀附和。

“相信我。”加布里埃尔道，他能听见复杂的嗡嗡声。他知道，如果按照那声音变大的方向追踪，那么就能到达这声音的源头，也就是产生所有这些能量的地方。也许他们还能在那里找到卡因大帝的通信中心，以及郁金香——那个能将他们带出去的间谍机器人。

达什和派珀都将信将疑。

“看看这些墙壁，”加布里埃尔说着，指向在刻度盘和齿轮之间缠绕的电缆，“有没有发现，它们在一个方向上变得越来越厚，而在另一个方向上，却似乎分叉了。”

“呃，是有点儿。”达什的口气有些言不由衷。

“相信我。”加布里埃尔又道，“这里只不过是一台巨大的机器，而我最了解的就是机器。”

“那你了解不了解……”派珀指了指天花板，“呃，它们？”

就在她说话的时候，一队猛击者雄赳赳气昂昂地走了过来。达什萌生了个主意，他摘下自己手腕上的腕带电脑，并示意派珀也摘下她的。“这是卡因大帝跟踪我们信号的方法，不是吗？”他轻声道，“所以……”他希望另外两人明白他的用意。他真是不想多说什么了，以免对话被卡因大帝监听。

派珀露齿一笑，交出了自己的腕带电脑。加布里埃尔虽然没有交出，却将它关上了。这样一来，如果他们真从这儿逃了出去，还能用加布里埃尔的腕带电脑和飞船取得联系。

“就这么办。”达什说着，爬到一只猛击者身后。腕带电脑上有一个磁条，因而能完美地吸附在猛击者的后脑勺上。他暗忖，跟踪我们很有意思吗，卡因大帝？

达什和派珀静静地跟在加布里埃尔身后，而加布里埃尔则追踪着那能量发出的声响。

他们逐渐深入卡因大帝的老巢，左转转，右绕绕，顺着各种隧道和走廊挺进这恶棍的心脏。

终于，他们来到了一扇大门面前，甚至连达什都注意到了它下方盘根错节的数百条电缆。加布里埃尔拍了拍门，朝两位队友竖起大拇指。

就是这里了。

达什打开门，一个巨大的半球形大厅便展现在他们面前。这地方足有一个足球场那么大，墙上排满了显示器和开关。长长的钢铁大梁支撑起大厅中央的巨型圆柱。这圆柱从地面直达穹顶，每一寸都被屏幕覆盖，而每一块屏幕都显示着卡因帝国的不同区域。圆柱基座上，摆放着一个鎏金宝座，闪闪发光。

宝座上并非空空如也。

宝座上的家伙几乎有十英尺高，看上去似乎是个影子，身体的边缘模糊不清，忽隐忽现。他没有脸，吸收着光，样子格外瘆人。

他就是卡因大帝。

在他身边，守护着近一百个猛击者。就在阿尔法队进入大厅之际，所有猛击者都齐齐转向他们。一旦它们的主人发号施令，它们无一不从。现在，只听见它们主人的嘴里蹦出一个词：“攻击！”

第10章

队员们身后的大门蓦地紧闭。猛击者们朝着他们行进。不出所料，它们胸前伸出的东西果然是激光枪。而且这次，它们真的开火了。

加布里埃尔、达什和派珀急忙躲在一堆服务器后面。他们可以听见猛击者正嗒嗒嗒地朝他们走来。它们步伐缓慢，甚至有些笨拙，可是数量庞大。

阿尔法队已经没有退路了。

“现在怎么办？”加布里埃尔问。

达什也一时语塞。阿尔法队就要栽在他手里了。他不知道要怎么逃出这鬼地方，不知道仅凭他们三人之力如何才能够击败近一百个猛击者和卡因大帝，他不知道这些机器人会不会把他们炸得粉碎，或是将他们活捉，以便让卡因大帝想出更坏的法子来折磨他们。

他也不想知道了。

猛击者们包围了他们躲藏的角落，激光炮的火光四处飞溅，在他们周围跳跃。

可是，至少有一件事是明确的。

“走为上计！”达什喊道。

派珀掠过这些猛击者，她的飞行座椅要比这些又短又胖的金属腿快多了。达什和加布里埃尔分别向相反方向奔跑，激光束不停地朝他们射来，分开逃命更明智。达什和加布里埃尔虽然比猛击者敏捷，但是猛击者是机器人，它们是不会累的。

它们可不会轻言放弃。

“达什，小心后边！”加布里埃尔喊，达什立马躲开了。刚才那一枪离他只有一英寸，也许更短。达什绕来绕去，发现有一队猛击者正朝他行进，它们几乎将他包围了。

“我在这儿呢，你们这群没脑子的铁罐头！”加布里埃尔冲它们喊，他蜷伏在一个巨大的银白色控制台下。猛击者们转向他。趁着它们分神的间隙，达什立马溜走了，但是现在轮到加布里埃尔成为众矢之的了。猛击者一边走向他的藏身之地，一边开火。“太棒了，我吸引到它们的注意力了。”加布里埃尔含糊地说，“但现在怎么办？”

“嘿，猛击者！”达什喊，“来击这个吧！”他从墙角的一堆东西中抓起一个生锈的旧门闩，用力地向离加布里埃尔最近的那个猛击者扔过去。这一投又低又快，是他在地球上参加了上百次篮球比赛练出来的。那个门闩直接砸中了猛击者，将它撞了个踉跄，它射击的方向也发生了偏离，激光束直接射到了另一个猛击者身上。那个受创的猛击者冒出嘶嘶的火花，它的激光束也失去了控制，到处乱射。

达什接二连三地扔出门闩，将猛击者击倒。一个猛击者傻乎乎地转圈，用激光枪朝整个大厅扫射。这样的举动随即引发了连锁反应，一个又一个猛击者加入进来，一边发射一边发出刺耳的声音。激光枪斜斜地射向天花板，将顶上的机器打了好几个洞。

达什以百米冲刺的速度跑向加布里埃尔藏身的控制台后边。“干得漂亮！”加布里埃尔轻声赞道，两人击掌。猛击者大军此刻正在自我毁灭的道路上一去不复返。“你小子，从哪儿学来这么一个阴险手段？”

“你现在面对的是美国职业篮球联赛上一季的最有价值球员。”达什眉飞色舞，“为了干成今天的大事，我把全明星赛都耽误了。”

“至少这要有意思多了。”加布里埃尔说话间，一个监视器在他们头顶上爆炸了。

“没错，有意思太多了。”

“集中注意力！”卡因大帝对自己的猛击者们咆哮，“对准你们的敌人，不是对准战友！”但这话并没有什么用处。

“等等，派珀呢？”达什问，他发现找不到派珀了。

加布里埃尔伸长了脖子，把控制中心看了个遍，他的余光扫到了一丝动静。他喘了口气，手臂轻推了达什一下，小声道：“在上边。”

派珀不费吹灰之力就逃离了猛击者的追捕，是因为飞行座椅速度太快了。但是现在，她不仅无处藏身，而且不知该去往何处。她不能像另外两位同伴那样，趴在一个仪器下边躲起来，直到对方放弃寻找。由于飞行座椅体积庞大，她几乎哪儿也藏不了。

至少——在地面上藏不了。

猛击者们却只能待在地上。从这点来看，派珀还是有选择余地的。

就在达什向猛击者扔门闩的时候，派珀正沿着支撑中央圆柱的钢筋大梁飞行。直到安全飞到顶端后，她终于能免于激光枪和猛击者，以及卡因大帝可能带给她的伤害。现在，她有了仔细观察的时间。

她发现了一个有趣的东西——在中央圆柱顶端附近，有个硕大的红色的看似开关的东西。

这儿是通信中心，而加琴大帝曾告诉他们，这里有个东西可以把卡因大帝的控制枢纽关掉。

“如果要我安排那个最重要的电源开关，那我会把它放在哪里呢？”她想，“必须得放得非常高，让所有人都够不着，这样才足够安全。”

她又想：“这开关必须是又大又红的，这样才能警告旁人，它很重要，离它远点儿”。

她看向加布里埃尔和达什，此时他们正被困在激光枪的枪林弹雨中。她想：还会有比这更糟糕的情况吗？

她尽可能地在不摔下去的前提下探出飞行座椅，并将自己的手指最大限度地伸出去，直到中指指尖勉强能摸到那个红色按钮。

她按了下去。

“不——！”卡因大帝惨叫，然后瞬间便消失得无影无踪。

随即，猛击者们也停止了动作，仿佛有人突然将它们的电池卸了下来。它们站在原地，一动不动，等待着下一个指令。

达什和加布里埃尔简直难以相信，一秒之内，一个几乎十英尺高的生物在他们眼前说没就没了，只一秒，王座上便空空如也，猛击者再也无法对他们构成威胁。

“卡因大帝一定是个全息影像。”派珀说着，向地面滑行而来。他们在十号基地见了太多全息影像，即便知道它们无法真正伤害到自己，但还是忍不住害怕。也许这家伙也一样，但派珀庆幸再也没必要纠结于这个问题了。“真正的卡因大帝也许在数英里之外，但现在，他已经无法伤害我们了。”

“谢谢你！”达什说着，两人击拳以示庆祝，“你救了我们的命。”

“刚才的操作太酷炫了！”加布里埃尔同样感谢她，他边说边打开了腕带电脑，“你像个摇滚明星。”

派珀感到脸颊发烫。“没什么啦，”她说，“换作别人，也能做到。”但另外两人都知道并非如此，这事只有派珀能做到。派珀对此感觉很棒，她甚至不介意自己的脸可能已经像番茄一样红彤彤的了。

“你们的任务完成了。”一个熟悉的声音传到他们耳畔。

“加琴大帝？”达什惊讶道，他几乎都要忘记加琴大帝的存在了。

“派珀切断了卡因大帝对他王国内部的控制，”加琴大帝道，“他再也无法阻碍我的信号了。我们可以继续做我们的事情了。”

“就这样？”达什有些怀疑地问，“难道你都不关心我们有没有受伤吗？”

“对啊，而且，你是不是应该感激我们？毕竟我们可是为你闯了阎王殿啊。”加布里埃尔抱怨道，“刚才卡因大帝差点儿让我们都成肉夹馍了！”

“真是抱歉。”加琴大帝的语气听起来诚恳得让他们惊讶，“今天你们帮了我大忙，为此我真得感谢你们。但我猜你们应该会很希望继续努力，毕竟现在该关心你们自己的任务了。我很希望能帮到你们。”

“哦，这还差不多。”达什喃喃道。遭遇了高墙的挤压、无尽的狂奔，以及猛击者大军之后，他几乎都忘了此行的最终目的。“那么，我们现在要做什么呢？怎么才能找到你说的能帮上我们的猛击者？”

“她应该和你们一样，就在通信中心里面。你们找找，看哪个机器人身上印着‘郁金香’字样。”

“应该不难找。”加布里埃尔讽刺道，“这大厅里也就一百万个机器人吧，而且长得都一样。”

派珀对这群机器人：“有谁叫郁金香吗？请站出来。”

加布里埃尔看着她，仿佛不认识她一样：“呃，派珀，它们都听不懂你在说什么。”

“你怎么知道？”她反问。

加布里埃尔转向达什寻求支持。达什只是耸耸肩，道：“试试看吧。”

“不敢出来吗？”派珀提示道，“没关系的，郁金香，我们是朋友。”

“它们不过是机器人罢了，”加布里埃尔道，“它们只会根据指令行事，这就是机器人的动人之处。别瞎折腾了，我们自己来找郁金香吧。”

他们仔细检查了大厅，逐一查看猛击者。许多猛击者的身体上都印着自己的名字，这些代表它们名字的符号有些看起来很像某种复杂的古代文字,有些则神似他们熟悉的物体——鱼、星星、两个南瓜。但哪儿都找不到郁金香的形状或文字。

“所有机器人看起来都像是一个模子里刻出来的。”加布里埃尔抱怨，“喂，加琴大帝，郁金香有什么特征吗？我们就不能有针对性一点儿？”

“猛击者受控于中央处理器发出的信号，它们是集体意识的一部分，没有一个猛击者可以自己行动。我们不能给它们重新编程，因为根本没有重新编程的空间。”加琴大帝解释道，“但是郁金香是与众不同的，她可以自己行动，甚至可以为完成任务而自行做出决策。所以在我的指导下，你们可以对她进行重新编程，以达到你们的目的。除了郁金香，其他机器人都不可以。”

所以，他们只好继续找郁金香。

“这样找太慢了。你们说，奥米伽队是不是已经拿到元素了？”派珀不无担忧地问。

“我们不是在比赛。”达什嘴上这么说，心里可并不这么想。如果安娜卷进来，那就势必是一场较量，而他一定要赢。他扫视着机器人身上的符号。检查猛击者的动作快了起来，终于，在大厅边缘的一小堆猛击者中间——

“找到了！”达什喊。他拍了拍加琴大帝的间谍机器人的头，这家伙身体正中央有个很明显的郁金香形象。接着，他发现在卡因大帝的信号消失后，这群猛击者仍在忙着。他咽了咽口水。“呃……小伙伴们，”达什感觉自己的嘴里是干的，他无法相信自己的眼睛，“我还发现了别的东西。”

派珀和加布里埃尔闻言急忙穿过大厅，跑了过来。

加布里埃尔快速眨巴着眼睛：“我没看错吧？”

只见猛击者们正在搭建一个东西，一个由金属碎片构成的、奇怪的、坑坑洼洼的雕像。那是一张巨大的脸，被脚手架遮住了一半，这张脸足有二十英尺高。

加布里埃尔蒙了：“我想确定一下，是不是只有我觉得，这家伙看起来有点儿像……”

派珀告诉自己，这一定是个诡异的巧合，但即便她不是个数据学专家，她也知道这种巧合的概率是亿万分之一。“一模一样。”她很肯定。

“是他没错。”达什说着，在这个雕像、猛击者和空荡荡的王座之间来来回回地察看。当他纠结于一个超级难解的数学题时，他也会有这种感觉，一定有什么被忽略的变量，这个关键的变量能让一切问题逐渐清晰起来，只是他说不清它到底是什么。“是克里斯。”

漫长的等待几乎让卡莉发疯。她试遍了所有能想到的办法来提高通信信号强度，可是无一奏效。

由于所有尝试都无果，她索性搜遍了图书馆的资料，试图解开关于光刃号的疑团。到底是谁建造了光刃号？他这么做的目的是什么？安娜是如何在茫茫宇宙中追上他们的？这些问题她一直搞不明白。但即便这些答案都在图书馆里躺着等她，她也还是无法聚精会神地将它们找出来。她甚至试图休息一下，弹一弹吉他，这往往能让她的心绪平静下来，可是音乐一响，她又开始思念地球了，这让她不得不停下来。

她不能分心，必须得想着还在这个陌生星球上的同伴。其实，她或多或少还是嫉妒他们的，毕竟，他们还能在下面探索未知，见识奇景，完成一项重要的任务。而她却只能在飞船上掰着手指，等待着未知的发生。

可是这样的境遇，除了自己，她又能怪谁呢？

她叹息一声，强迫自己最后一次检查飞船的电路图。这一查让她震惊了，这张图里隐藏着她研究了上千次的图表，这就是她苦苦寻找的答案。这种方法，能从导航系统中分出电力，让信号输出加倍。

卡莉从椅子上一蹦三尺高，随即钻进了管道入口，她已经迫不及待想看到克里斯知道她的发现后那惊讶的表情！

“哇哦！”卡莉叫喊着，冲向了舰桥。有别人在场的时候，她总是试图装得成熟稳重，毕竟她所在的，是全世界最先进的宇宙飞船，而她参与的，是一项生死攸关的星际任务，这本是成年人的工作，因此作为飞船上年龄最小的成员，她尤其希望表现得成熟一些。但独自一人的时候，她玩过山车和急转弯游戏的速度却非常快，尽管她的胃都提到了嗓子眼，但这也让她放下了所有防备。

她跳上了飞行甲板，感觉今天还没这么开心过。而当发现舰桥上空无一人时，她的情绪瞬间低落了。克里斯刚才还答应她会守在这儿，监视和星球表面的通信状况，以免错过可能突然出现的信号。这家伙到底跑去了哪里，又为什么要离开？克里斯总是突然人间蒸发，偷偷跑到飞船某个隐蔽的角落。换了别的时间，这也没什么，但现在可是十万火急啊！

卡莉气得冒烟，还有些害怕，她打开了连接克里斯房间的通信线路。她本打算告诉克里斯好消息，而不是偷听，可克里斯刚才一定是无意间在房间里打开了和舰桥通信的线路，因为卡莉能听到他屋里所有的声音。她听见克里斯正在和某个人说话。

“别管这个雕像！”克里斯命令道，“我是加琴大帝，我命令你们专注手头上的要紧事。”

现在卡莉终于完全被吓到了。飞船除了他们两人之外，空空如也，不是吗？所以他到底在做什么？“嗯……克里斯？”她拿着通信设备说，“你在和谁说话？”

经过了很长的一段沉默后，她才听到声音：“卡莉？”

“我是卡莉。除了你，我就是飞船上唯一的人了，对吗？”

“你等我一下。”他说完，叹息了一声，仿佛终于向什么妥协了，“我很快就来。”

克里斯只用了一两分钟便来到飞行甲板上，可却让卡莉感到等了无比长久。

终于，克里斯踏上了舰桥。他看起来极其平静，但他不是一直都这么平静吗？这让卡莉抓狂。

“你听到了什么？”他问。

“我听到你对另一个人说话，这很诡异。我还听到你自称家禽什么的，这就更诡异了。”

克里斯试图打断她，可是卡莉依然在说话，这不像她，而且突然变得这般愤怒，这更不像她。她开始滔滔不绝，想停都停不下来：“我知道你在光刃号的问题上撒谎了，我知道你对那个长得和你一模一样的人的了解比你告诉我们的要多。所以，请不要再对我撒谎了。克里斯，你告诉我，这到底是怎么回事？告诉我真相！”

这下连克里斯都有些毛躁了，他看起来更像是一只被困的野兽：“现在不是告诉你的时候，卡莉。”

卡莉突然感到心寒。她意识到自己一直希望克里斯否认这些，希望他会说：“你开玩笑吗，卡莉？我是克里斯啊。也许我不是你见过最热情的人，但我是绝不会对你撒谎的。”她应该明白，克里斯有事瞒着他们，他有秘密，这本身就不是什么秘密。但她本以为自己可以信任他，她以为克里斯心里一直以完成任务的大局为重。

现在，她不敢确定了。而且随着时间的推移，她越发不确定了。

“克里斯，任何时间，都是说出真相的最佳时间。”

他没有义务告诉她真相，她无法强迫他。她突然意识到，自己无法强迫克里斯做任何事。对于这艘飞船，克里斯知道的要比她多得多，要比任何人都多得多。知识就是力量，而克里斯满脑子都是知识。

害怕克里斯，这听起来有些疯狂。但在卡莉心里，有那么一小部分在哆嗦，在害怕着他。也许克里斯从她眼里读出了恐惧，而这恐惧说服了他。

第11章

“你快说话，加琴大帝！”达什坚持道。虽然已经过了二十分钟，他还是无法让视线离开这座雕像，或者说，这雕像雕的并非克里斯，而是光刃号上那个和他一模一样的家伙？卡因大帝不可能指挥猛击者建造他们任何一个队员的塑像，除非有什么重要的事情达什还不知道。“为什么在卡因大帝的王宫里，会出现我们队员的头像，这到底是怎么回事？”

“这就说来话长了……”加琴大帝开口了。

“你亲口向我们保证过，我们在这里是绝对安全的。”达什把问题点破，“只要我们不打开那个主开关，卡因大帝就不会对我们做什么，这难道是个谎言吗？”

“不……这个是真的。”加琴大帝说。他说这话的语气，直接说明了之前他讲的许多事都不靠谱。

“那么，就请你告诉我们真相，”加布里埃尔丝毫不让步，“如果你再耍什么花招，说不定我们会重新把那个开关打开，让卡因大帝好好给我们讲讲。”

"你不会这么做的。"加琴大帝道。

"你又怎么知道我们不会？"派珀问，"你明明对我们一无所知。"

"那可不一定。"加琴大帝说，"我想我要向你们坦白的第一件事，就是这个。我不是加琴大帝，至少，不全是。"

"那么你到底是谁？"

就在此时，卡莉的声音突然蹦了出来："你快说啊，告诉他们。"

达什惊呆了，"卡莉？我一直以为大气干扰还没……"

"没错，"她说，"我也这么以为。可没想到啊，我们都想错了，在很多事情上都想错了，首先……"

"是我。"加琴大帝说，突然间，他那奇怪的声音变得更加奇怪了，同时，也更加耳熟，"我是克里斯。"

这个爆炸性的消息降临在他们头上，所有人都沉默了。

加布里埃尔首先打破了沉默："呃……你能把你的全名说一下吗，哪个克里斯？"

"还有哪个克里斯？"卡莉没好气地说。

"这肯定不是克里斯，他说过，作为队友，他不会再对我隐瞒什么秘密了。"加布里埃尔说，"这肯定不是克里斯，那家伙一点儿幽默感都没有。如果是他，那这可以算是他精心策划的进入幽默界的开山之作了。"

"你少说两句吧，加布里埃尔，"派珀道，"让他自己解释吧。"

"他嘴里没有半句实话，"加布里埃尔说，"你还想让他多说话？"

“是的，我想。”达什发话了，坚定的口吻让加布里埃尔折服，“我相信克里斯能给我们一个完美的解释，对吗？”

“我确实有一个解释，”克里斯说，“但这个解释完不完美，就得你们自己说了算。”他顿了顿，仿佛在思考从哪里说起，“我说我是加琴大帝，是因为，从某种程度上说，我就是他。你们在这个星球上看到的一切，包括每个机器，每个猛击者，所有东西，全是我做的。我第一次来到这里，是在一个世纪以前。和现在的你们一样，当时我也是在寻找马格努斯 7，并试图将它合成到我需要的燃料中。与此同时，为了自娱自乐，我设计了一款游戏，那很像是你们玩的电子游戏，只不过这个游戏的场景包括整个星球。我创造了加琴大帝和卡因大帝，是我让他们长期处于战争状态。”

“难道你不觉得你早该说了吗？”加布里埃尔质问。

“如果我告诉你们元初星的真相，那么你们的问题就会没完没了。所以我用加琴大帝的声音和你们说话，但这只是因为你们需要我帮你们在这里导航。”

“等等，你刚才是不是说，你一百年前就来过这里？”派珀疑惑道，“那怎么可能！你的年龄最多只有十五岁。”

“恰恰相反，我可比十五岁要老得多。”克里斯说，“甚至要老好几百岁。而且，我没有夸张。”

“但，这怎么可能？”加布里埃尔问。

达什的脑子飞速运转。这就对了，被忽略的变量。这样一来，所有的事情都有了解释：云豹号上所有超一流的技术，只有克里斯知道如何使用。尽管他只是一个少年，却很可能协助发明了那些玩意。这也解释了为什么菲利普斯指挥官一开始就如此信赖他。一个世纪以前，他就造访过这个星球，以及其他相关的星球，而且还设计了一款高度复杂的游戏，逼真到仿佛真有一个外星文明陷入了战争的泥潭。

这也解释了为何克里斯一次又一次地撒谎。

“他是外星人。”达什说。所有人陷入了漫长的沉默。达什从派珀和加布里埃尔的表情看出，他们认为这是他们听过的最疯狂的事，但这也是最靠谱的解释。“你说呢，克里斯？我猜得对吗？”

“没错。”克里斯承认，“我来自另一个星球，它在另一个星系的遥远角落。我虽然长得很像人类，但其实并不是。”

此话一出，四个小家伙脑子里冒出了同样一个词：“哇！”虽然达什猜中了，但甚至连他也不敢相信这是真的。

这么久以来，他们中间居然一直混入了外星人？一个其他星球来的生物，长得人模人样的，假装是他们的队友和朋友？

一个外星人，一个来自外太空的外星人。

其实当克里斯以加琴大帝的身份第一次和他们说话的时候，克里斯是外星人的想法就在达什脑子里挥散不去。但脑子里有这个大胆想法是一回事，相不相信克里斯是外星人又是另一回事。这简直是个宇宙级恶作剧。达什担心一旦他张嘴，他就会为此笑个不停。

加布里埃尔把头摇得像个拨浪鼓，仿佛要把这个疯狂的念头给摇出脑袋。他想说，不，不可能，一百万年都不会发生的事，不可能是外星人，克里斯不可能是外星人。

终于，派珀开口了。“卡莉？”她说得很克制，“你在飞船里一切都好吗？”

派珀是第一个想到卡莉安危的人，此话一出，所有人都开始担心她。卡莉此刻正独自和一个外星人待在云豹号上。很显然，他们对这个外星人一无所知，而且这几个月还被他骗得团团转。这个外星人掌控着飞船的所有细节，只要他愿意，就没有他干不成的事。

他们中间没人了解克里斯，一点儿都不了解。他们不知道他到底想要什么。

然而只要他想要，他们四个也阻止不了他。

"我……呃……还好。"他们听到了回答。达什从没听过卡莉发出这么不确定的声音。

"原来你是个外星人啊。"达什试图用很随意的口气掩饰他的世界观已然崩塌的事实，"一个外星人。那菲利普斯指挥官知道吗？"

"他知道。"克里斯说，"他从一开始就知道。"

"那他为什么不告诉我们？"加布里埃尔问。

"他觉得你们几个小不点还是不要知道的好。"克里斯说，"除非到了你们需要知道的时候。"

"这倒像他的风格。"加布里埃尔咕哝道。似乎有无数事情，菲利普斯都认为云豹号的队员"不需要"知道。他们无法理解,为什么他们都被选中参加一个能拯救地球的星际任务了，多数大人还是把他们当孩子看。

"我不明白。"加布里埃尔继续说，刚才的话仿佛只是在热身，"如果你是外星人，那你来地球做什么勾当？你自己的星球具体在哪里？你还有同类吗？你加入这个任务到底出于什么目的？你又怎么会认识菲利普斯这么久？你来地球做什么勾当？哦，这个问题我好像问过了。是不是你的故事和超人一样，你的星球爆炸了，而你是唯一的幸存者？”

达什知道，喋喋不休能让加布里埃尔感觉舒服一点儿，但他依然希望这位老弟刚才没有问出最后那个愚蠢的问题，或者说，能够换个说法，问得巧妙一些。毕竟如果爆炸的是地球，而达什成了唯一的幸存者，如果听到有人这么问他，他估计会把那人踹飞。

但克里斯只是笑了。“你的问题可真多。”他说，“看来我不得不从头说起了。”

派珀瞄了达什一眼，拍了拍郁金香的头。达什知道她想说什么，他们现在可是深陷麻烦之中，难道还有时间搬个小板凳，坐下来聆听一个冗长的故事吗？达什不能确定。现在，任何事情，他都不能确定。

“我的星球叫芙洛拉，是植物群的意思。”克里斯想到了自己的星球，语气变得温柔起来，“它位于你们所说的大麦哲伦星云里，离地球大约有十六万光年的距离。我们的大气和地壳与地球的十分类似。”

“这样一来就说得通了，你们进化得和人类很相似。”派珀道。

“没错，但我们的进化史要长得多。而且，自从我们达到了伽马速度以来——”

“等等，”加布里埃尔打断他，“你们达到了伽马速度？”

“当然。”克里斯道。他的口吻中丝毫没有夸耀的意味，而像是在陈述一个事实，仿佛一切都理所当然。“难道你们就不好奇，为什么人类能在如此短的时间内进步神速？难道就不会有什么外来的帮助吗？”

“人类的飞跃，在历史上发生过好几次了。”卡莉针锋相对。她突然间觉得自己，以及整个人类，得在这个外星人面前证明些什么。“比如原子能、计算机。”

“还有内燃机，”加布里埃尔补充道，“轮子。”

“人类建造了远洋轮船，”达什指出，“还发明了能带我们上天的飞机，能带我们奔月的飞船。而且，我们都是靠自己的智慧做到的。”

“我不知道你们为什么要这么较真。”克里斯发话了，很快他又说，“可能你们没理解我的意思，刚才我只不过在试着开个玩笑，活跃一下气氛。”

但他的话一说出口，达什就忍不住想：这是玩笑吗？难道克里斯不是第一个秘密造访地球的外星人？难道他不是第一个将外星科技带给人类的外星人？这些猜想在达什脑海里打转，让他迷惑。

“很久很久以前，我离开芙洛拉星球，开始为期百年的探索航行。”

“在太空中待一百年？”卡莉惊呼。她在云豹号上才住了几个月，就感觉自己要得幽闭恐惧症了。她实在无法想象，有人居然会自告奋勇地要在茫茫太空中飘浮一辈子。

“像这种时间跨度的太空旅行，只有我们星球的人能做到。”克里斯解释道，“你也看到了，我们变老的速度要比人类慢很多，我们有很长的寿命，而我的许多同类都会选择去尽可能多的地方见识风景、认识外星生命，来丰富我们的人生。”

“所以你来探索地球，发现自己喜欢这里，并留了下来？”加布里埃尔猜道。

“也不是。大约四十年前，哦，我是根据你们地球的计时方法算的，一位天体物理学家发现了一个他认为有外星人痕迹的东西，具体说来，其实他发现的是我飞船排出的废物。他很聪明，也很有雄心，决心和外星生命建立联系。我本来没有马上造访地球的打算，但是他居然引诱我，给我发了无数个求救信号。最后他赢了。”

“所以这家伙就成功欺骗了你这个超先进、超聪明的外星太空探索者？”加布里埃尔问。

“恐怕是的。”

加布里埃尔承认这个手段真是挺肮脏的。

“我的飞船在着陆时损坏了，”克里斯继续道，“所以我被困在了地球上，这全都拜那个叫艾克·菲利普斯的天体物理学家所赐。他希望利用我的知识和技术来给他自己增光添彩。”

艾克·菲利普斯？加布里埃尔看向达什，而达什也扬起了眉毛。

“他不在乎这些知识和技术是否真的对人类和地球有益，他梦想拥有权力和金钱，越多越好。他将我偷偷藏在十号基地里，而他自己也在那里度过了几十年。”

“但是艾克·菲利普斯甚至连十号基地的管理员都不是，”达什指出了问题，“真正的管理者是肖恩·菲利普斯。”

“其实他就是。艾克的儿子肖恩是在我的陪伴下长大的，你们基本上可以把我们看作一家人了。重要的是，与他爸爸不同，肖恩希望帮助地球。当地球上的能源逐渐减少，他和我都觉得，我们应该对这场能源危机提出解决方案。”

“你就是那个告诉他索尔斯能源的人吧？”达什猜道，他的脑子正在飞快运转。尽管肖恩对自己的爸爸只字未提，但十号基地里曾经有传言，内容就是关于某个一度在这里掌管一切的严厉的指挥官。如果真如克里斯所说，他们难以想象那样一个坏人居然会培养出肖恩这么善良的儿子。“而你帮他建造了云豹号，从而让我们能驾驶它找到索尔斯能源？”

“是的，达什。本次任务是肖恩和我一起构想出来的。我很荣幸能够加入你们的队伍，亲眼见证我们的梦想成为现实。”

“所以，你其实只是出于善意，想帮助地球上的人类？”卡莉道。

“是的。”

“尽管人类用恶意的借口把你骗到地球，而且还损坏了你的飞船，把你关了四十年的禁闭。”卡莉轻哼一声，“是啊，难怪你会热爱人类。”

“艾克·菲利普斯只是个别现象，”克里斯不去管她阴阳怪气的话，“他不能代表全人类。”

“是的，你现在是这么说。”加布里埃尔道，“但你一直把我们当猴耍，谁又能保证你这次没有撒谎？”

“我们没有证据证明他现在在撒谎。”派珀道。

“谢谢你，派珀。”克里斯说。

“当然，我们也无法证明他没有在撒谎。”派珀补了一刀。

“这就是全部真相吗？”卡莉问，“就没有其他我们还不知道的事吗？”

克里斯叹了口气：“你们不知道的事情很多，关于宇宙，关于人类，关于你们自己，你们若要全部了解，那得用上几辈子的时间。世上就没有知道一切的人，只有知道该知道的事情的人。”

要论说空话，真是没人能比得过克里斯，达什想。之前他从没有这么在乎过这个,他从没考虑过克里斯没说过的那些事。

“我向你保证，这次我没有撒谎。”克里斯道，“你可以相信我，尤其是现在，在这个星球上。是我创造了元初星的所有文明，对它的里里外外我都了解——我可以把你们安全地带出去，包括你们要找的元素。一旦你们回到飞船上，我还可以继续回答你们的问题，来者不拒。”

“现在就有一个你必须马上回答的问题。”加布里埃尔说，“如果是你一手创造了这个星球的一切，而你又站在我们一边，那么为什么卡因大帝要换着法子消灭我们？”

“我……呃……似乎我对卡因大帝这方失去了控制。一开始我简单地以为就是个小故障。”克里斯承认道。

“但现在呢？”加布里埃尔不依不饶。

“但现在，我怀疑光刃号上那个叫科林的人是幕后黑手。”

“那个和你长得很像的人，”达什道，“那个你说你从来没见过的人？”

“是的。”克里斯说，“在那些年里，艾克·菲利普斯有许多机会来提取我的 DNA 样本。鉴于科林的长相，以及他们的飞船和我们的相似程度，我只能猜测艾克克隆了我——科林有我的记忆，也具备我的知识。这有些令人不安。”

“你认为是艾克·菲利普斯发射了光刃号来追踪我们？”达什问，“听你的描述，他可不像是那种有兴趣拯救地球的人。”

"他不是，"克里斯说，"我也不相信他会是那种人。"

他停顿了一下，让众人咀嚼他的话。

最终完成这项任务的人，将会拥有人类有史以来最强大的能量源，达什想到了这个。免费的可再生能源能够造福地球上的所有人。或者说，它也能造福拥有它的人，尤其是这人自私自利的话。

"我相信是科林控制了卡因大帝，"克里斯继续道，"他试图拖慢你们完成任务的速度，帮助他自己的队员。"

"太邪恶了。"卡莉道。

"我也觉得。"克里斯道。

"可是，如果他是你的完整复制品，难道这不意味着你也是个邪恶的人吗？"卡莉补充道。

"即便是一个克隆人，他也是有自由意志的。"克里斯说，"如果他对生命的理解完全来自艾克·菲利普斯，那么，我完全可以想象这个科林现在已变成了什么样的人——他一定极其残忍，对生命和其他人的需求没有半点儿尊重。所以你们看，你们需要我的帮助。"

"我们就姑且认为你值得相信吧。"加布里埃尔说，他瞅了眼达什，"你怎么看？"

达什不仅仅是队长，还是最了解克里斯的人。他也是曾经最信任克里斯的人，但现在他不知道自己是怎么想的。只是他明白此刻的感受，那就是自己真蠢，竟然被朋友背叛了。

同时他却更加坚定了集齐所有元素的决心，以及要赶在艾克·菲利普斯和奥米伽队得逞之前完成任务的决心。

"我认为我们可以自己完成本次任务。"达什道，"等回到了飞船上，我们也能自己解决其他的事情。你们同意吗？”

“同意。”派珀说。

加布里埃尔也点头同意。

“同意。”卡莉也加入，虽然她的声音里透露出了不快。

“我不同意！”克里斯着急道，“你们需要我——”

达什切断了通信设备。

“你真的觉得我们可以自己完成这次任务吗？”加布里埃尔问。

派珀咬了咬嘴唇。

达什则强颜欢笑道：“走着瞧吧。”

第12章

“好了，加布里埃尔，看你的了。”达什说。如果加布里埃尔不能给郁金香重新编程，让她听从他们的指令，那么这项任务就算走进死胡同了。

加布里埃尔取出自己的工具箱，撬开了这个猛击者的命令面板。“我这辈子还从没见过自己搞不定的机器。”他边说边研究着电线和芯片的节点，“我的才华是毋庸置疑的，更何况，我现在还知道建造了云豹号的那个人也建造了这家伙。相信我，没问题。”

他的话听起来底气十足，但随着时间一分一秒过去，达什开始紧张起来。加布里埃尔还在往郁金香的脑袋里看，仿佛在等待对方给他发个信息，或是奉上说明书。

“你还打算动手吗？”达什问。

“我在思索呢。”加布里埃尔喃喃道。

“给他一点儿时间，”派珀轻柔地说，“他会找到解决办法的。而且如果找不到……”

“不行。”达什说得斩钉截铁。他越是没信心的时候，就越是强硬。“我们不会寻求克里斯的帮助，我们自己就能搞定，对不对，加布里埃尔？”

但加布里埃尔根本没搭理他。他已经深入郁金香的内部，到了她的手肘处，在里面又剪又扭，又切又焊，弄得郁金香哔哔哔直叫。

“感觉郁金香受不了你给她挠痒痒。”达什说。

“你不是在她身上搞破坏吧？”派珀担心地问道。

“这是个机器人，”加布里埃尔提醒她，“机器人是不会感到痛的。”

“你怎么知道？”派珀反问。很多事情别人认为她做不了，但他们都错了。她最反感那种不负责的主观论断的事，即使这论断的对象是机器人。

“你自己问吧。”加布里埃尔说着，关上了命令面板，“我搞定了。”

“有这么快？你确定没问题吗？”达什心里生出了希望。

“你居然怀疑我的能力？”加布里埃尔说，“等等，别回答。”他骄傲地拍了拍郁金香的脑袋，“你来说，宝贝儿，告诉派珀你刚才一点儿也不疼。”

只见郁金香开心地颤动着。

“现在你需要帮我们从河里取来一些马格努斯 7，明白了吗？”

郁金香又颤抖着，对着达什哔哔哔地响起来。那声音听起来，就像是一声兴奋的“明白”。

他们三人不能按原路返回。没有加琴大帝的帮助，他们不可能顺利通过不停活动的棋盘式地面。即便他们想要再次和飞船取得联系，他们也不能尝试定向电子脉冲——所有通向外界的大门都是电子控制的，如果他们还没出去，就把这里的电路给弄坏了，那他们就得永远被困在这里了。

“郁金香，还有别的出口吗？”加布里埃尔问，“我们要去岩浆河，但不能从正门出去。”

小家伙儿开心地朝他哔哔，一摇一晃地来到一条走廊。加布里埃尔还是不敢相信，一个机器人居然也有性格特征。但他不得不承认，似乎郁金香最喜欢的人就是他。这点他欣然接受。

他们跟着郁金香穿过了迷宫一样的走廊，一路上遇到了数百个猛击者，它们一个个呆若木鸡，等待着卡因大帝发出信号来指挥它们。派珀真想知道它们在想什么，如果它们能思考的话。她也想知道，当郁金香飞快穿过被定在一旁的兄弟姐妹时在想什么。她会不会觉得它们很不幸？反正派珀是这么觉得的。一辈子都在服从别人的命令，这多么可悲啊。

没有卡因大帝在暗中使绊子，出去真是容易多了。

但他们才刚刚出去，问题便接踵而至。

问题一：如他们命令的那样，郁金香带他们从另一条线路出去了。但达什终于明白为什么没人会走这条路。当他们走出最后一堵墙的时候，他们发现自己正站在一个悬崖上，往下看去，足有两百英尺深。

问题二：虽然他们切断了卡因大帝对建筑物内部的控制，但他对外部的控制依然存在。沿着墙面安放的炮台还在不停地放炮，除非它们弹尽粮绝，否则根本停不下来。闪着火光的岩浆炮像倾盆大雨一般落向对面。

可加琴大帝却没有反击。

“他不想给我们制造危险。”派珀猜，“我打赌除非我们安全了，否则那边不会开炮的。”

从加琴大帝那头打出的炮弹，只要一发，就能让整个阿尔法队化为灰烬。

“我可不敢冒着生命危险去揣测一个外星人的行事逻辑。”加布里埃尔道。

加琴大帝一方只能挨打。岩浆狠狠地砸在高耸的墙上，一整排机器逐渐被烧焦和熔化。钢筋发出嘶嘶声，电路被烧出了无数个窟窿。达什不知道加琴大帝那边离被彻底摧毁还有多长时间。

派珀做了个深呼吸。能够逃出来重见天日，这感觉真是不赖，尽管天空已经被燃烧的岩浆炮弹染红了。“可怜的加琴大帝。”她说。

“呃，难道你忘了吗，压根就没有加琴大帝这号人。”加布里埃尔提醒她。

“我知道，但是……我总感觉他是存在的。”

这样的想法很蠢，但达什能够理解。不久前，他听着加琴大帝的声音，听从着他的指挥，是加琴大帝帮他们进入卡因大帝的领地，并帮他们找到了机器人郁金香。而现在，是加琴大帝那一方被狠揍，只因为他希望阿尔法队能够安全。虽然加琴大帝并非真实存在，但达什还是不禁替他难过。

“这不是我们的问题。”达什提醒派珀，也把想法大声说出来提醒自己，“或者，至少，只要我们得到马格努斯 7 并离开这个星球，这都不是问题。所以咱们快点干活吧。”

派珀狐疑地往悬崖下看，这可是两百英尺深啊：“难道我们要跳下去吗？”

郁金香对他们发出哔哔的声音，然后走向沿铁壁修建的狭窄斜坡。这个猛击者缓慢却坚定地带他们在贴着墙壁修建的道路上行进，这条路很奇怪，并且坑坑洼洼。

“这真是疯了。”达什如履薄冰地走过只有一英尺宽的窄道，不禁抱怨道，“哪个疯子会修建这样一条路？”

“就是因为疯狂，才符合逻辑。”加布里埃尔道，“现在我们知道了，这整个星球只不过是个电子游戏。这太有趣了。”

“你就是这么定义有趣的吗？”派珀看着加布里埃尔，仿佛他也疯了。

加布里埃尔躲开了一团岩浆，然后紧紧抓住一条很窄的传送带，这东西能带着他们继续往下走二十英尺：“啊——耶！”

派珀真是感谢自己的悬浮座椅，这东西比任何人的双脚都要靠谱得多。不过尽管如此，她还是不敢往下看。

他们几个似乎没完没了地走了很久，道路在眼前分岔了。右边，是一个光滑而有弧度的坡面，以很陡的坡度往下延伸，像是游乐场的滑梯；而左边，仿佛有一百万级阶梯，一直通往地面。郁金香在中间站定，仿佛不确定往哪儿走。

“选哪条路？”派珀问这个机器人。

郁金香哔了两声，像是道歉。

“好像她也不知道。”派珀说。

“还好我知道。”加布里埃尔说着，指了指那个滑梯，“不知道你们是怎么想的，但我这两条腿要疼死了。而在离开这个星球之前，我还不想死。再说了，滑滑梯可比走台阶要快多了，也简单多了。”

达什赞同他的看法，越早回到飞船并见到卡莉就越好。

“但是，这样会不会太简单了？”派珀问，虽然她希望自己也能赞同加布里埃尔。悬浮座椅确实也能顺着台阶往下，但这样会很无趣。“刚才你自己也说过了，这是基于整个星球的电子游戏，那么一切都很复杂很艰巨也是有道理的。克里斯为什么会建造一条简单的小道，让人轻松抵达终点呢？”

达什觉得她说的也有道理。

“呃，因为这很有趣？”加布里埃尔说，“这个地方本身就是为了解闷才建造的，而滑滑梯好玩是公认的呀。这可比走台阶有意思多了。”

“可是这个滑梯太陡了。”派珀道，“等我们到达底部，速度会很快的。”

“啊，要的就是刺激。”加布里埃尔已经迫不及待想要开始了。

“那真到了最下面，你们打算怎么办？那时候的速度已经快到停不下来了，如果遇到……”

“遇到什么？”加布里埃尔非得逼问出个所以然来。

“这就不好说了。比如万一你冲下去的时候，有只食肉猛兽张开血盆大口在下边等着。”派珀说着，提高了声调。

加布里埃尔挥挥手表示不屑：“阿贡盗龙把你吓傻了吧？这都换了一个星球了，问题也不一样了。”

“你这是在冒险。”派珀道。

“你这是在乌龟爬。而且我得提醒你，咱们现在可是深陷战争的泥潭，还有什么比慢慢走更危险的？”

“达什，你怎么看？”派珀问，“咱们该选哪条路？”

“是啊，勇敢无畏的队长，”加布里埃尔说，“你选哪条路？”加布里埃尔可不喜欢让达什做主，这并非因为达什不是个优秀的领袖。加布里埃尔无法否认，达什是队长的完美人选，但有领导者就意味着自己只能是追随者，他可不善于跟在别人屁股后边。

而达什正在冥思苦想。

“想好了吗，达什？你说咱们是要做毫无意义的苦力呢，还是玩又快又好玩的游戏呢？”

达什没有回答。两人的话都有道理，他又怎么能确定谁才是正确的。

当然，还有一种办法：直接去问修建这两条路的人——那个外星人！

可他绝不会这么做，无论如何都不会。

安娜、尼克和西恩娜安全地坐在即将带他们返回光刃号的航天飞机上，看着加琴大帝的王国遭受炮雨的蹂躏。他们的小小猛击者被塞在座椅下边的狭窄空间里，马格努斯 7 的样本正安全地装在它的肚子里边。他们成功了，而且还比云豹号的队员要快许多。

在元初星表面，加琴大帝的领土正在熊熊燃烧。翻滚的黑烟成了浓重的乌云，几乎将整个世界笼罩。安娜不知道，这个王国在被彻底摧毁之前，还能经得起多少次打击。

“我几乎都开始同情这家伙了。”尼克一边说，一边在座椅上难受地扭来扭去。缓冲器实在是太薄了，坐在上面都能感觉到弹簧和金属框架。不管是这架航天飞机，还是光刃号，似乎都不是为人类建造的，坐在上面的感觉，仿佛是在太空开着卡丁车。尼克经常被错误放置的面板绊倒，手掌也常常被锋利的边沿割破。这儿的所有东西都像是最后一分钟匆匆做出来的，很像从前他参加科技展览的时候，总在展览前一夜才启动自己科研项目完成的展览品。而上次那个展览品，毫不夸张地说，直接在他面前爆炸了。尼克一直希望光刃号别重蹈覆辙。

“这儿没人，”安娜提醒他，“这里只有克里斯和一堆机器人。”

“但你看看这家伙，只顾傻坐着，挨罚受死。怎样的废物才能这样忍气吞声啊！”

“怎样的废物？那种绝不让自己的队员遭到岩浆威胁的废物。”西恩娜说。三名奥米伽队队员交换了一个心照不宣的眼神。虽然科林在他们三个躲进快马号航天飞机之前，忍住没有向他们的方向开火，但一见他们进去，科林连十秒都没有等，就点燃了他的大炮。要驾驶快马号穿过枪林弹雨并非易事，有一枚炮弹离他们机尾的推进器只有几英尺的距离，差点儿把它打得稀烂。但是科林并没有为此道歉。他从来不会道歉。

至少，科林在这火焰的风暴中，为他们开辟了一条狭窄的飞行通道。他向他们三个保证，只要他们遵循他的指示，他们就不会被击落。他说得没错，可是险些酿成大错。

“我们还是快点回到飞船上去吧。”安娜说。

“你觉不觉得——”尼克说着，自己停住了。

“觉得什么？”安娜问。

“说了你也不爱听。”尼克把丑话说在了前头。

安娜这辈子不爱听的东西多了去了。“说！”

“你觉不觉得，在我们回到飞船上之前，应该在这儿多待一阵子？”尼克问，“起码要看到阿尔法队的人安然无恙。”

“我们又不是他们爸妈。”安娜冷冷道。

“是的，但只有他们知道下一个元素的方位。”尼克坚持，“如果阿尔法队的人到不了下一个星球，我们也休想到达。”

“他说得没错。”西恩娜道。

安娜不愿意承认，可事实就是如此。尽管奥米伽队拥有自己的飞船和外星人，但他们并没有自己制定的路线。他们除了跟着云豹号从一个星球飞到下一个星球，别无选择。这就意味着——一旦达什·康罗伊没把阿尔法队带好，那奥米伽队也没好果子吃。

“好吧，”安娜抱怨道，“我们等等。”

快马号在云层里百无聊赖地飞来飞去，居高临下地看着遥远地面上的纷飞战火。安娜给扫描器做了编程，用以获取云猫号的能量信号。一旦云猫号起飞——如果它能起飞的话——那么他们就会知道。

“我还是没法相信，克里斯居然在没告诉他们下面有什么的情况下，就把他们派了下去。”西恩娜道。尚未掌握一个地方的正确信息就贸然闯入，还有什么比这个更危险呢？什么样的人才能将自己的队友这样往火坑里推啊！“你们是否觉得科林说得没错？克里斯让他们相信卡因大帝和加琴大帝都是真实存在的，还说这个所谓的‘战争’并非什么游戏。”

"他一定是这么说的，"尼克道，"要不他还能怎么说？难道说，'是我在你们出生之前，凭借一人之力建造了这里的一切，但请别问我这是怎么做到的，也别问我为什么我看起来只有十五岁，因为我不能告诉你们。但我向你们保证，我的动机是善良的，而我是个外星人也不是我的错'？我想达什可不吃这套。"

"这听起来就不对劲。"西恩娜道。

"克里斯就是个大骗子。"安娜强硬地说，"就像肖恩·菲利普斯一样。"菲利普斯指挥官把自己伪装成一个善良、友好的人，但她从不信任他。菲利普斯不肯告诉他们的事情实在太多了。在安娜看来，他说的所谓的分级信息、顶级机密、不需要知道的事，一切的一切，全是借口罢了，它们就像是大人不愿回答小孩子时搪塞的那些话。大人只希望你闭上嘴巴，服从命令。可安娜的爸爸并不是这样的家长，他鼓励她不停问问题。虽然他希望安娜听从自己说的话，但他总会向女儿解释自己为什么这样说。他从不说"因为这是我的命令"这样的话。

而肖恩·菲利普斯的爸爸也不是这样的人。

当一支突击队在落选四人回家的路上劫持了他们时，安娜的脑子一片空白。艾克·菲利普斯对他们做了自我介绍，并解释了这样做的必要。这都是肖恩的错，他说，一切都是肖恩的错。

"我本应该更加直接且开心地与你们接触，"艾克·菲利普斯对他们几个说，"我本应该和肖恩一起，让你们一生受益，但我的儿子贪婪成性，他希望将你们全都据为己有。而一旦他不再需要你们，他也不希望任何人插足，来提供你们想要的。"

“在你眼里，我们想要的是什么？”安娜问，那时，她大胆地为整个团队发声。

“我想，你们想去太空。”艾克·菲利普斯说，“我想，你们希望拯救地球，并通过这一壮举扬名立万。如果你们同意，我可以为你们实现这个愿望。”

他话音刚落，安娜的心里便有了判断：同意！

和阿尔法队队员一样，他们也得到了一艘充满了秘密的神奇飞船，并接受了长达六个月的训练。和阿尔法队不同的是，他们得知了关于这艘飞船以及他们任务的真相。

“我儿子肖恩总是喜欢宠着别人，”在飞船起飞之际，艾克对他们道，“尤其是孩子。但我不是这种人。因为岁数小就要被区别对待，我可不信这一套。我带他的时候，就以和成人一样的标准严格要求他。年幼不是不成熟的借口，关于这一点，我当时坚信，现在也坚信。你们四个，声称自己有足够的智慧和实力驾驭着我的飞船遨游太空，这是否意味着我可以认为你们是成熟的？是否意味着，你们能够勇敢接受真相，无论真相多么残酷？”

安娜、西恩娜、尼克和拉维一齐点头。毫无疑问，只要能让他们坐上那艘飞船，他们愿意认同任何事情。

“我那个儿子会对自己的团队撒谎，也就是那个阿尔法队，所谓‘全世界最优秀、最聪明的年轻人’。”说到这儿，艾克发出了冷酷的笑声。光刃号的队员们喜欢这种笑声，他们也跟着笑了。“但面对你们四位，我将把真相和盘托出。”

艾克把整个故事都讲给他们听。数十年前，一个叫克里斯的外星人是如何在地球上紧急降落，艾克是如何拯救了他的生命，并帮他养好伤，而这个外星人又是如何背叛艾克的。“他甚至让我的儿子都背叛了我！”艾克摇着头怒吼，一副不知道为什么且又极其绝望的样子，“他俩密谋将我逐出了我自己的项目，逼着我逃亡！完全不顾我曾经对他们的付出！”

“肖恩完全没有资格来牵头执行这样一项重大的任务，”艾克说，“他是我的儿子，毫无疑问我是爱他的。但是这个星球的命运危在旦夕，他和克里斯根本没有能力领导‘阿尔法计划’。只要看看他已经酿成的这四个大错就知道了！”说着，他看向了这四名被抛弃的队员，他们每个人在艾克眼里都是发光的金子。而他们每个人也都在心里嘀咕：是的，肖恩·菲利普斯不选我，真是犯了个天大的错误。

艾克·菲利普斯将第二次机会赐予了他们，还给他们提供了光刃号飞船。不仅如此，他还给予他们信任，因为他毫不避讳地说，光刃号使用了外星人的科技。同时，他还将科林给了他们。

有时候，安娜希望自己能把艾克的这最后一个“礼物”还回去。

第13章

卡莉漫不经心地弹着吉他，琴弦上流淌出披头士乐队老歌的旋律，让她想起了故乡。在这儿弹吉他似乎有些奇怪，这可是在飞行甲板上呢，但这儿除了火箭，没人在听她弹。蒸汽在厨房闲荡着，指导 ZRK 怎么做饭，准备给即将归队的小伙伴们献上一顿欢迎晚宴。“他们一定会回来的！”这个机器人对卡莉说，“你一定要有信心，是的，一定要有！”

卡莉很欣慰，至少他们两个之中，有一个是有信心的。也许蒸汽的信心对他们两个来说已经足够多了。

她没有问蒸汽，是否早就知道克里斯是外星人，毕竟是克里斯本人设计了这个机器人。这也就意味着，要么他们两个都值得信赖，要么都不可靠。

自从达什切断了和飞船的通信，克里斯就把自己关在了自己的小屋里。卡莉并不知道他在里边做些什么，并且试着不去想他。

所以，她让自己沉浸在音乐的海洋中，细数着弹奏时掠过脑海的回忆。爸爸曾在琴格上纠正她的指法，演示如何捏弹片；妹妹们则求着她弹奏日本流行歌曲和泰勒·斯威夫特的歌，然后跟着唱起来；妈妈呢，则在卡莉的手上抹着润肤液，对着爸爸所谓“真正艺术家的标志”——长着老茧的双手不住地抱怨。爸爸自己曾经就是一名音乐家，在卡莉刚刚学会走路的时候，他居然就往她手里塞了一把吉他。爸爸常说，卡莉最早会说的话，就是《嘿，朱迪》的歌词。而卡莉一直不敢确定爸爸是不是在开玩笑。

自从在十号基地和家人道别后，卡莉就没再和他们说过话。有时候家人会给她发视频，但看着妈妈笑着朝她挥手，爸爸做她最喜欢的菜，妹妹用激光棒逗猫，这一切真是比不看还让她难受。

虽然弹吉他经常能使她平静，但此刻一点儿用也没有。熟悉的旋律不过是在提醒她——她正孤独地飘荡在群星之间，孤独地坐在飞船上。

这里除了她，只剩下克里斯。

突然，有人在她身后的墙上敲了敲。卡莉放下吉他，转过身去，只见克里斯正站在隧道入口前。“我能进来吗？”他问。

“你想做什么都可以。”卡莉说。他俩都知道，这不过是一句废话。

他在控制中心找了个位子坐下，就在卡莉身后。“有什么消息吗？”他问。

卡莉摇摇头。

她不知道自己该怎么做才对。她知道外星人的一切——从小说和电影里。这种学习得到的认知，和在学校里选修一门关于外星人的课程相比截然不同。她知道雷神和E.T.，以及《星球大战》里所有奇奇怪怪的外星生物；她知道外星寄生虫，它们可以从你肚子里开始，里里外外把你整个人吃光；她知道外星侵略者，无论它们是有两个脑袋，还是长得如同大象，或是某种食人植物；她还知道有些外星人来到地球是为了征服这里，而另一些外星人则是在星际旅行中被困在了地球上，他们希望能够回到自己的母星。可是那些全都是假外星人，他们要么在屏幕里，要么在漫画书上，而克里斯却是实实在在的——而且，他就在她的眼前。

“我没想打扰你弹琴。”克里斯道，“你的琴声很动听。”

卡莉红了脸：“谢谢。”

“你想家了吧？”他说。这是毫无疑问的。

“那你呢？”她问，“你想过家吗？”

“你指地球吗？”克里斯说着，耸了耸肩，对她淡淡一笑。在卡莉看来，对方的一举一动都像是学习过的，十分做作，仿佛他在表演一个人物，仿佛他在暗自揣摩——人类一般都在这样的时候耸肩，人类一般都在这样的时候微笑。“我早就对漫长的旅行习以为常了。”他说，“我只关心接下来会发生什么，而不是我在身后留下了什么。”

“不，我不是指地球。”卡莉道，“家。你的家。你是否想念你的母星？”

克里斯低下头：“噢，我的家啊。”

他说“家”这个字的时候，声音犹如一个悠长而伤感的和弦。有了这个字，其他已经不用多说了。

“那儿是什么样子？”卡莉好奇道。

“那是一个水的世界，很像地球。”克里斯说，“但是我们的大海是翠绿色的，波光闪闪的水道环绕着整个星球。我们居住的土地像蛇一般，与翠绿色的水道缠绕。我真希望你能看到它，卡莉。”

“有人在那儿等你吗？”卡莉问，“比如，你有父母吗？或者朋友？或者，我也不知道，就是，任何人？”

克里斯点点头。“有许多人在等我。”他轻轻说。

“你觉得他们会为你担心吗？”

“在我们的星球，人们总是来来去去，下一次相见总会时隔很久。他们不会期待我很快能回去，然而……”

“然而什么？”卡莉追问。

“我想有时候，也许他们确实想念我。”克里斯说，“也许他们会想知道我的近况，担心我的安危，但——”他摇了摇头，似乎想要摆脱这样的想法，“我们最好不要沉溺于过往，过去的朋友并不如现在的朋友重要。”

“朋友是不会对彼此撒谎的，”卡莉指出了痛点，“尤其是最核心的问题。”

“你从未对朋友撒过谎吗？”

“没有！”卡莉激动地说。接着，连她自己也不知道为什么，她继续道：“其实……你愿意听我的一个秘密吗？”她也不知道为什么就有了冲动，想要告诉克里斯真心话。也许是因为克里斯不会因此而对她评头论足，他不会，至少现在不会。“我说我想留在飞船上时，那个理由并不是我的真实想法。我之所以想留下来，只是因为我是个胆小鬼，不敢登陆这个星球。”

克里斯点点头，他看起来并不吃惊。“如果你是个胆小鬼，那你是不可能被选入本次任务的。”他说，“你能坐在这里，本身就是在用生命冒险。”

“也许是的，但这个危险是我十分了解的。”卡莉说，“只要我对一件可能发生的事情有充分的了解，我就不再惧怕它了。然而这个星球却是我不了解的……”

“你觉得自己在云豹号上更加安全，是因为你了解你在这里做的事，”他猜道，“你觉得在这儿不会发生什么危险或者意外。”

“是的。”

他略带愁苦地笑了笑：“那你对现在的情况怎么看？被困在这飞船里，只有你和一个危险的外星人。”

卡莉扑哧笑了出来，她可从没那样想过：“感觉不妙啊。”

“我往往把我已知的一切抛在身后，只为寻找新的体验。”克里斯说，“意外并不总是坏的。”

“你还是这么认为吗？没骗人？即便在你紧急迫降地球，被困在离家那么远的地方之后？”

克里斯点点头：“我永远不会后悔这次旅行，卡莉。我永远不会对自己做过的事情后悔，我只会后悔我没去做某件事。”

这个说法似乎不无道理。就在云猫号飞出轨道的时候，卡莉就已经开始后悔没有跟着去了。在三名队友失联后的每一秒，她的悔意都在不断加深。无论是否害怕，她都应该在下面陪着他们。她对自己发誓，下一次，她一定要下去。如果还有下一次的话。

“你不会把这个告诉他们吧？”她说，“我希望他们觉得他们可以依靠我。我知道，在你欺骗我们这件事上，我对你很不满，但这是两码事。”她停了一秒钟，不知道这样说对不对，“我认为，这是个人的隐私。”

“我保证不告诉他们。”他顿了顿，“但这对你来说还有什么意义吗？”

她没有回答。很长一段时间里，两人都保持了沉默。

“我很担心他们。”她终于承认了。

“我希望自己能够安慰到你，但我担心他们可能会径直走入一个陷阱，一个我自己制造的陷阱。”

“那你还不赶快给他们发出警告！”卡莉惊叫。

“他们不希望听到我的声音，”克里斯说，“达什已经说得很清楚了。”

“你应该多试试，说服他们，”她吞吞吐吐道，“就像你说服我一样。”

克里斯露出了灿烂的笑容：“真的吗？”

卡莉感觉心中的大石突然落了下来，追随自己的直觉真是太好了——她告诉自己要相信克里斯。很开心，她不再感觉自己是孤单的了。“真的。我知道达什切断了信号，但我相信你有办法克服这个困难，对吗？”

“嗯，既然你这么说……”克里斯按下了通信中心的几个按钮，然后靠近麦克风，说话了，“注意了，采集队，我是加琴大帝。我希望能有第二次机会。”

“我们在浪费时间。”加布里埃尔抱怨道，“赶快选条路走吧！”

“再让我想想，”达什道，他几乎决定要用滑梯了，只是觉得需要多几秒钟让自己更加坚定，“我——”

突然，耳机响了：“注意了，采集队，我是加琴大帝。我希望能有第二次机会。”是加琴大帝的声音，不是克里斯的。达什想，这一定是克里斯伪装起来的声音，要么就是他在采集队关掉腕带电脑的情况下，又激活了一个，他能这么做一点儿也不奇怪。最近发生的怪事这么多，已经没什么可以让达什感到惊讶的了。

他叹了口气。“别费劲了，克里斯。”他通过耳机说，“我已经告诉过你，我们不需要你的帮助。”

“你们不需要克里斯的帮助，但你们需要加琴大帝的帮助。这是我的星球，如果你们想活着出去，就需要我的帮助。”

“不，我们——”

派珀用手肘推了推达什，“问个路能要了你的命？”她轻声道。

“我能跟踪这个星球上所有运动的物体。”克里斯道，“通过你们仅存的腕带电脑，我可以清楚地看到你们处在卡因大帝领土的哪个方位。我得告诉你们：你们即将走入一个陷阱。”

“哦，是吗？”加布里埃尔皱眉，“那你证明给我们看。”

“你们现在正站在卡因大帝一侧高墙的壁架上，往下走了一半。”克里斯道，“在你们面前，出现了两条路，一条是又长又陡的台阶路，另一条是个能够直达地面的滑梯。”

“所以你可以暗中监视我们。”达什苦涩地说，“你就是这样让我们感到好受一点儿的吗？”

“滑滑梯是到达地面最快捷的方式，这是猛击者们自己都走的路——”

“是的！”加布里埃尔挥了挥拳头，“你又说对了。”

“但这条路会让你们直接冲进岩浆河。”克里斯说到了重点，“猛击者有飞行功能，它们能够在河面上盘旋，很像派珀的悬浮座椅，而达什和加布里埃尔则会经历一次很不舒服的游泳。所以我强烈建议你们走台阶。”

“我们没有理由相信他的话。”达什说。

“但我们也没有理由不相信他的话。”派珀说。

“我作为加琴大帝，把这些话告诉你们，是因为你们根据我们之间的协议帮了我，我也愿意履行承诺，把你们安全地送到地面，完成你们的任务。”

虽然很荒唐，但想到这是加琴大帝的声音，的确让他们更易于相信。尽管他们都知道，并没有这号人的存在，可他们感觉他是存在的，而且到目前为止，加琴大帝还从未给他们指过错路。

“走台阶？”达什问其他两位队员。他们都点头。加布里埃尔看起来闷闷不乐，但还是放弃了自己的想法，“那就走台阶吧。”

台阶路又长又陡，它似乎一直往下延伸，完全看不到尽头。派珀的悬浮座椅能够轻易地沿着斜坡往下飞行，郁金香也是如此，虽然她看起来不太开心。她们紧跟着达什往下飞去，却突然停了下来。

“那是什么？”派珀问。

他们听见了一阵低沉的隆隆声，仿佛是一声声遥远的闷雷。

“也许没什么。”达什道，尽管他自己也不太相信自己。

难道克里斯要直接把他们送入陷阱吗？

这时，只见他们下方的台阶开始震动起来。

“那可不是没什么。”加布里埃尔看着摇摇晃晃的台阶说。

达什到处乱找，想要抓住一个支撑，可边上的墙壁都太光滑了。达什不知道发生了什么，他只知道现在必须以最快的速度离开这鬼地方。“我想我们最好——啊啊啊啊啊啊！”

他们身下的地面突然就坠落了，原来的台阶也都被压扁，变成了一个光滑的金属滑梯。达什和加布里埃尔不停地往下掉。

一开始，耳畔只有震耳欲聋的呼呼声，突然，达什感觉自己被一个冰凉的气垫托了起来。

“这真像飞船上的隧道游戏！”达什喊着，呼啸的风几乎将他的话吞没了。

“这比隧道的速度还快！”加布里埃尔也喊着，超越了达什，“哇哦！”

顺着这陡峭的滑梯风驰电掣地冲下去的时候，达什被一阵纯粹的欢乐所淹没。边上的金属墙已经看不真切，成了流动的银色波浪。加布里埃尔说得没错，这滑梯要比飞船上的隧道快多了。他本应该感到害怕或担心，或是为接下来可能发生的任何危险做好准备——但这滑梯实在是太好玩了。他无法控制自己，只愿沉溺在这痛快的滑行中。这滑梯一会儿向上，一会儿向下，一会儿螺旋式地旋转着往下，一会儿又直直往下栽去。达什感觉自己的胃和肺在身体里打起了乒乓球，脸也被急速穿过形成的气流刺得生疼。他不知道应该尖叫、大笑还是呕吐，但他享受着每分每秒的刺激。

尽管似乎已经滑了几个世纪，可他们还是觉得不够。就在这时，一股暖气流出现在他们脚底，减缓了他们的速度。达什冲出滑梯，轻轻落在了地面上，加布里埃尔已经在外边等他了，却依然不可思议地摇着头，派珀和郁金香在他身后。“通过飞船上的隧道就是这个感觉吗？”派珀问的时候，脸上露出一个大大的笑容，“难怪你们在那上面花了那么多时间。”

“飞船上的可没这么刺激，”加布里埃尔道，“什么都没刚才刺激。谁想再玩一次？”

达什不作声，当他看到他们刚才差点儿就要选择的那条滑梯的时候，脑子里的兴奋霎时全没了。那条滑梯直接将猛击者们送进了岩浆河。和“加琴大帝”警告的一模一样。

就在“加琴大帝”重新在耳机里说话之前，达什已经准备选择了，而他准备选择的是那条错误的路线。那样的话，他就会把整个队伍葬送在岩浆里了。他如此自行其是，又是为什么呢？只要一个错误的决策，就可能把整个队伍葬送。

达什知道，他无法让自己将曾经做的每一个决策都回顾品评一遍，那些不是正确的领导，那会带着大家走向灭亡。他无法想象，差一点儿就酿成的悲剧。

但他又不能不想。

卡莉对着耳机说话了：“你们怎么了？”

“哦，没什么。”加布里埃尔道，“我们体验了整个宇宙有史以来最刺激的滑行，就这样。你没来就后悔去吧。”

“好吧。”卡莉的语气有些奇怪。

加布里埃尔还没来得及问她怎么了，克里斯就插话了，给他们做出了新的指示。这次，他用了自己的声音。

“在你们收集马格努斯 7 之前，你们得对郁金香的编程做一些改进。猛击者们盛放岩浆的时间长短，被限制在了他们从岩浆河到达工厂所用的时间。如果不通过编程改变这一设计，那么在你们把她带上飞船之前，郁金香自己就会被岩浆烧毁。你们赶快进行变更，我会指导你们。”

“我们又怎么知道，按照你说的不会让郁金香爆炸？”加布里埃尔狐疑地问。

“我为什么要让自己的猛击者爆炸？”克里斯反问，“我又为什么要让自己的队友受伤？”

他说得没错。

达什可不会让自己再犯同样的错误。也许此时此刻，克里斯并不是最值得信赖的人，但如果他们想活着离开元初星，克里斯确实是最靠得住的人。而克里斯刚刚就证明了这一点。达什看着他的队员，问了他们一个不需要语言回答的问题。

派珀点头了。过了一会儿，加布里埃尔也点头了。

“告诉我们，我们要怎么做。”达什问克里斯，“我们听你的。”

第14章

在严格遵照克里斯的指示后，加布里埃尔只用了短短几分钟，便把郁金香的电路再次转换了。

果然没爆炸。

“这简直有点太简单了。”派珀说着，三人挤进了卡因大帝城墙上的一道裂缝中，看着郁金香向河岸走去。

“别高兴得太早了。”加布里埃尔警告道，“你没看过恐怖电影吗？”

郁金香似乎丝毫没有察觉头顶上飞过的岩浆炮弹。一根细管从她胸前伸了出来，开始将岩浆吸进它肚子里。

“感觉她在用一根吸管喝饮料！”派珀惊呼，“你们觉得她会喜欢这饮料吗？”

“我只知道我喜欢。”达什说着，发现郁金香的肚子发出了橘红色的光，这让他惊讶不已。一个装满了马格努斯 7 的机器人——他简直没法相信，他们居然真的收集到第二种元素了。

“搞定两种，还有四种。”他开心地道。

“你也别高兴得太早！”加布里埃尔又警告他，“除非我们已经安全返回飞船了，否则现在的一切进展都不值得高兴。”

“你什么时候变得这么疑神疑鬼了？”达什问。

“也许是从我发现上周在乒乓球桌上被我打得屁滚尿流的对手，居然是个和我老祖宗一样老的外星人，并且做了一个星球那么大的电子游戏，还在游戏中千方百计要把我给弄死的时候？”加布里埃尔道，“我可管不着你们，反正在我安全到达飞船之前，我是不会彻底放心的。”

现在他们已经得到元素了，就真没必要继续待在这鬼地方了。“各位准备好返回飞船了吗？”

“早就准备好了，”派珀说，“咱们快点离开这儿吧。”

于是他们争先恐后地奔向云猫号，在飞溅的火星和岩浆中东躲西藏，还得时不时往后看两眼，确保郁金香没跟丢。这个肚子里装满了马格努斯 7 的小东西，一转眼就变成了他们最重要的成员。

一眨眼工夫，他们便纷纷登上了云猫号。

“我们可以起飞了吗？”加布里埃尔说着，戴上了他的飞行眼镜。

“没问题。”达什说完，紧紧抓住座椅，引擎轰轰启动了。

云猫号飞离地面，直冲云霄，却突然剧烈震颤起来。

“怎么回事？”派珀惊呼。由于卡因大帝把他所有的岩浆炮弹都从河对面发射了过来，整个空气都被烧着了。“我们被击中了吗？”

“我想他不是在瞄准我们，”达什说，“我们应该只是恰好路过战区。”

“他瞄准谁并不重要，重要的是他击中了谁！”加布里埃尔话音未落，就看见一颗岩浆炮弹和他们擦肩而过，极其危险。云猫号显得十分疲倦，飞行高度逐渐降低。加布里埃尔咬牙切齿，希望从这枪林弹雨中杀出一条血路。“我避不开这么多炮弹。”他开始低空飞行，然后有惊无险地躲过了一阵岩浆连珠炮击。他竭尽全力寻找着安全的空域，却发现到处都是猛烈如雨的炮弹。云猫号上下摆动，迂回穿行，却依然找不到出路。有些细碎的岩浆已经喷溅到了机身，控制面板开始亮起红色警报。

“别慌。”达什对加布里埃尔说，虽然他自己的心简直要每分钟跳一百万下。他们这架小小的航天飞机到底能承受多大的打击呢？“千万要保持冷静，你可以的。”

“当然，我没问题。”加布里埃尔说，但他并不确信。他们必须飞到战区上空，飞到这个陌生星球的橘红色云层里，只有那儿是安全的。但整个天空已经被炮弹布满，他完全不知道该怎么做。他感到，所有队友就要砸在自己手里了，整个任务就要砸在自己手里了。

“过来，云猫号！快过来！”是安娜的声音，在耳机里。

“现在不行。”达什厉声说，此时，云猫号恰好又遭到一次攻击。如果今天就是云猫号的末日，他可不希望安娜·特纳那幸灾乐祸的声音成为他这辈子听到的最后的声音。“我们被困住了。”

“所有人都能看到你们被困住了。”安娜道，“如果你们需要我们的帮助，你们就得开口。”

“什么？你们能停止这场战争？”达什问。其实这并不是严格意义上的战争，现在只有卡因大帝一方在开火。

“别废话了，直接把飞行路线发送给他们吧。”尼克道。

“得先让他们求我。”安娜道。

“安娜！”是西恩娜的声音，听起来她并不高兴。

“好吧。”安娜说，“岩浆炮弹是遵循一定弹道轨迹的，我马上把我们的飞行路线发给你们。把它编入程序，你们就能安全飞出来了。我们在你们东边两英里处，你们出来后，可以跟着我们逃离。”

达什觉得自己幻听了，奥米伽队居然在试着帮助他们：“你们又怎么知道——”

“你们这群废物到底还想不想离开这儿了？”

“我们想。”加布里埃尔一边说，一边躲过了又一阵擦着机身而过的炮弹。

奥米伽队发送了数据包。就在计算机上传信息以后，加布里埃尔眼前的天空突然亮起了一条安全通道。“就它了。”他自言自语，小心翼翼地沿着这条路径驾驶云猫号。他的手指在触控板上跳动，而他的双眼则一眨不眨地盯着五彩斑斓的通道。奥米伽队的安全通道刚好够云猫号穿过枪林弹雨，只是刚好，偏移一寸都不行。

“那一定就是他们了，”派珀看见一架黑色的航天飞机，叫了起来，“安娜和她的队友！”

“跟上了。”加布里埃尔道，他的所有注意力都集中在驾驶上。即便有飞行路径的指示和奥米伽队的引导，要渡过难关几乎也是不可能的。这就像穿针引线，而且是以一千英里的时速穿针引线！只要他们犯一个极小的错误，整艘飞船就会变成一团火球。

两架航天飞机穿过浓烟，不断拉升。岩浆烧灼着航天飞机的外壳，热浪冲击着船窗，但最后，他们终于穿出战区，进入云层，炮火的世界在他们下方渐行渐远。

加布里埃尔自己都没有察觉地长舒了一口气，他的四肢也跟着绵软下来。“我们成功了。”他说着，将云猫号转换到自动驾驶模式。这还是他第一次这么渴望放下对云猫号的控制。

“没错。对了，不用谢。”安娜的声音又从耳机里传来，“也许下次你们应该好好待在飞船上，让我们队来完成这些艰巨的任务。”

“是吗？”达什道，“也许下次你们应该——”

他还想继续说下去，却发现信号断了。

“对了，谢谢。我想我们是该说这句话的。”他补充道。反正安娜也听不见了，他觉得说这声“谢谢”要容易多了。

云猫号颠簸地降落在了云豹号的飞行甲板上。在他们下一次使用之前，云猫号可得经历一场大修了。但达什、加布里埃尔和派珀跳下云猫号的时候，并没有在想这个，他们迫不及待地要去驾驶舱，去找在那儿等待已久的卡莉。他们感觉仿佛已经有一个月没见过她了。

当他们来到舰桥，发现克里斯正在控制台埋头做着什么，卡莉就在他边上，大声喊着让他做这做那。

“攻击敌方左侧！”她喊，“耶！再来！把那个蠢货打爆！”

“卡莉，这儿一切都好吧？”达什问。

“都好，都好。”她比了个手势，叫他安静，“别让克里斯分心。”

“我很高兴你们能安全返回。”克里斯嘴上说着，眼睛还是紧紧盯着大屏幕。他的双手在一个设计精巧的控制面板上移动，达什可从没见过这东西。只见克里斯的手速已经快得让人看不清他双手的动作，他每做一个动作，元初星的表面就会承受更多的摧残。“等我把这最后一件事做完，我们就能离开了。”

达什笑了。这太有克里斯的风范了，总要把一场激烈的战斗打到不剩一兵一卒。

“你真的认为是科林，那个光刃号上的坏蛋，控制了卡因大帝？”加布里埃尔问。

“我想不到别的解释。”克里斯咬牙切齿地说，“接下来，我得让他后悔跟着我们离开地球。这是我的游戏，我的世界，如果他觉得他能取代我，那他就大错特错了。”

他们被克里斯燃起了斗志，甚至连派珀都被这样的气氛感染了。在这样的气氛下，不斗志昂扬是不可能的。他们从未见过克里斯如此有决心——他们也从未见过如此惨烈的战斗。卡因大帝和加琴大帝正把自己所有的弹药都打向对方。

“加油，克里斯！”当岩浆炮弹把卡因大帝的王国炸出一个大坑时，达什不禁呐喊起来。

“加油，加琴大帝！”加布里埃尔也喊道。此时，只见两队猛击者冲向岩浆河，仇人相见，分外眼红，它们隔着河水将岩浆炮弹射向对方。

战斗没完没了地进行着。这个星球的表面到处都躺着着火的猛击者，两个王国的国土上，全都喷溅着炙热的岩浆。

“怎样才能确定自己赢了？”达什问，“这游戏能计分吗？”

克里斯依旧盯着屏幕，回答道：“等他那边烧得连焦炭都不剩的时候，我就赢了。”

“加油，科林，你是最棒的！把他打个落花流水！”拉维大呼。

“闭嘴！”科林怒斥道，“我需要集中注意力。”

光刃号的队员全都闭上了嘴。他们看着科林像机器人一样操作着控制器，他们看着元初星的地表沦为一片火海。现在在发动攻击的，不再只有岩浆炮了，猛击者穿过岩浆河，无人机轰鸣着穿过云层，投下威力巨大的炸弹，对方城墙上被炸出的窟窿足有二十英尺宽。加琴大帝和卡因大帝双方势均力敌。安娜觉得这也是有道理的，毕竟科林是照着克里斯克隆出来的，两个人几乎一模一样。

“如果你们接着打下去，整个星球就要被你们摧毁了。”西恩娜警告道。

科林冷哼一声：“你以为我要干什么？他以为他可以用这个小玩具打败我？你瞧他那丢人的样子，当我要把这玩具抢走的时候，你看他那不舍的样子。”他转了转其中一根控制杆，就见在他们身下，加琴大帝的国土被炸出了一个一英尺宽的扇形，里面的一切都化为灰烬。

“你没开玩笑吧？”尼克问，“你指的不是字面上的意思，对吗？”

“我说的就是我想的。”科林嘲讽道，眼睛一秒都没有离开过大屏幕，只要愿意，他可以让人觉得自己是世界上最傻的白痴，“克里斯不知道赢的代价，但他很快就会知道了。”

战争并未停歇，双方都誓要将对方彻底摧毁。元初星的地表上，飞旋的炮弹犹如席卷一切的风暴，硝烟弥漫，机器扭曲变形，一切熊熊燃烧。地面的火焰如喷泉般喷涌，岩浆的火柱直冲云霄。

继而……天地一片寂静。双方已没有武器可以攻击。没有猛击者可以使用。

这个星球上，已经什么都没留下，没有可以发动攻击的武器，没有可以移动的机器人。放眼望去，只有燃烧的大地，以及一堆堆亮着微弱火光的变了形的金属。猛击者的肢体七零八落，深不见底的火山口伤痕累累，地表被烧得焦黑，一团团灰烬在风中翻滚。之前生龙活虎的机器人，现已残缺不全，被压垮碾碎，毫无生机。

克里斯建造的一切辉煌全都灰飞烟灭，元初星彻底沦为一块死气沉沉的石头。它曾经活过的唯一证明，只剩下云豹号和光刃号上的两个猛击者，它们是大屠杀后仅有的幸存者。

派珀突然想起，猛击者当时塑造了它们“造物主”的雕像。它们那样做，是否也是卡因大帝命令的呢？还是说，它们之所以自行塑造了这个形象，仅仅是因为它们“内心”有一个微弱的声音让它们这么做？有没有可能，猛击者其实有某种感知能力，有少许的自我意识？

派珀希望没有，因为它们现在都被毁灭了。

“你……你是否觉得自己赢了？”加布里埃尔问。

“他当然赢了，”卡莉说，“现在卡因大帝的领土已经是灰烬了。”

“但加琴大帝的领土也跟他半斤八两，”加布里埃尔指出，“整个星球都化为灰烬了。”

“各位，闭上你们的嘴吧。”达什轻声说。克里斯已经离开了刚才他在控制台所站的位置，正慢慢地朝墙面大小的屏幕走去。他将手掌贴在屏幕上，遮住了正在燃烧的一堆碎石。

“我用了整整四年时间才建成这一切。”克里斯道，语气里竟有些迷茫，“那时我很无聊，或者应该说，是孤独。我希望有什么东西能让我保持清醒。那或许是个游戏，就像你们在飞船上的训练游戏一样。所以我给自己设计了一些小迷宫，出了一些小难题，并逐渐让它们越来越复杂。最终，我的游戏超越了原有的想象。对我而言，加琴大帝和卡因大帝变成了真实存在的人物。当我把他们设置成竞争对手，我其实也在一步步逼迫自己，让自己变得更好、更聪明。但元初星后来变得比我所能承受的大太多。这里成了一个完整的世界，诞生了一个文明。我创造了它，然后——”他转身面对自己的队友，脸色苍白，“然后，我又亲手毁了它。”

“是科林毁了它。”达什激动地说，“这是他的错，你这样做只是因为他的存在。”

“是啊，除了这样你还能怎么办？”加布里埃尔道，“难不成乖乖被打吗？”

“我本可以让他赢的，”克里斯说，“我本可以把胜利拱手让给他，这样元初星就能存活下来。整个宇宙中，没有一颗行星能和元初星媲美。而现在，这里已经是一片废墟了。”

第15章

“我们得到了马格努斯 7 呀，”达什对克里斯说，希望能够让他开心一点儿，“这才是重要的。而且如果没有你，我们根本不可能成功。”

克里斯好像根本没听见。“我就是不明白，刚刚怎么就这么执迷于赢得这场游戏呢？”克里斯说，“为什么我自己不知道停手？”

“我明白了，”加布里埃尔道，“当你在玩，比如，整个星系最牛的电子游戏的时候，你在没赢之前是不会住手的。”

“但目的又是什么呢？”

“目的就是开心。”加布里埃尔说，“你听说过‘开心’这个词吗？”

克里斯摇了摇头：“或许我应该知道得更多。”

“为什么，就因为你比我们都大？”

派珀推了推他，“因为他不是人类。”她提醒加布里埃尔。

“哦，对。”

几个人之间出现了一阵尴尬的沉默。战斗的兴奋劲，让他们差点忘记了之前发生的种种。现在，达什更加认真地看着自己这位朋友，试图让自己不要老揪着他不是人类这个事实不放，尽管也许克里斯比他想的更像人类。毕竟，他们冒着生命危险来执行这项任务，难道不就是因为人类过度沉迷于寻开心吗？人类开汽车、建工厂，享受着现代生活的各种奢侈品，可这些几乎毁掉了自己的星球！这不过是一个更漫长的自杀游戏罢了。

达什从头到脚仔细研究着克里斯，试图寻找自己曾经疏忽的蛛丝马迹。毫无疑问，关于克里斯的一些问题是他本该看出来的，克里斯身上总会有一些非人类的印记。

加布里埃尔和派珀也和他想到一块儿去了。他们三个的眼珠子都在滴溜溜转，审视着这位外星人队友，以及他身上的蛛丝马迹。

“你们为什么都这样看着我？”克里斯问。

“你是穿着什么变身装吗？”加布里埃尔问，“真实的你有两个脑袋吗？”

“加布里埃尔！”派珀厉声道，“你太粗鲁了。”

“什么？这怎么能叫粗鲁呢？也许在他的星球上，两个脑袋的造型正是当下时尚呢。”

卡莉被逗乐了。

“别理他。”达什对克里斯说，“但是……呃，既然我们已经说到这儿了……真实的你长什么样？”在电影里，外星人总是用高超的伪装科技，或是用大脑扭曲力场，或是用人类的皮肤，来将自己伪装成人类的样子。

达什努力不让自己去想最后一种情况。

“这就是我的真实样貌。”克里斯道，“我们在外形上和地球人无异。我们的星球在某些关键大气成分和矿物学特征上和地球类似，这就使我们的平行进化成为可能。就这么简单。我们没有触角，没有第三只眼睛，没有两个脑袋。我希望你们不会觉得失望。”

“当然不会。”达什说。他还是忍不住盯着克里斯看，脑海中突然有了这么个想法：眼前这家伙可是个外星人啊！从另外一个星球上来的。达什总是纠结于他的谎言，以及他是否值得信赖，却忘了这么个值得惊叹的事实。

克里斯是个外星人。自己的这位智商超高的队友居然是个外星人！

每每想到此，他都觉得这可能是他这辈子遇到过最劲爆的事情了。由于最近发生的种种，这个一贯寡言少语的家伙居然说了一大堆的话。

“你早该告诉我们的。”达什说，“你早就该这么做，尤其在你知道我们登陆元初星后即将面对的一切危险时。你却让我们两眼一抹黑。”

“他为什么非要告诉我们真相？”加布里埃尔冷嘲热讽道，“他的做法不是简单得多吗？假装自己是那个叫加琴大帝的古怪的外星帝王，然后编造个精妙绝伦的假故事让我们闯入险境——还是说，这就是你理解的开心？”

“我必须承认，再次扮演加琴大帝的角色，是我难以抑制的冲动。”克里斯坦白。如果达什没有看错的话，克里斯这时居然脸红了。“你自己说的，这是整个星系最好玩的游戏。”

“可不是嘛。我们差点儿被卡因大帝做成肉夹馍的环节最带劲了。”加布里埃尔咕哝道。

“但要在避免回答更多复杂问题的情况下，将你们安全地带出这个星球上的重重困境，这已经是最好的路线了。”克里斯说,这次他的声音里多了些坚定,“我想,这是我最好的选择。”

“这就是让我最头疼的选择。”加布里埃尔说，“那时你觉得撒谎是你最好的选择，那现在呢？”从一开始，他就是对克里斯戒心最重的人，自打这个古怪的少年第一次在飞船上出现，他就想反抗对方。“你说是你设计了这艘飞船，以及整个任务。现在你就在飞船上，和我们几个一起冒着生命危险来做这件事。哦，可能你是在冒险吧。那么，如果你都不是人类，那你为什么要这么做？拯救地球对你又有什么好处？”

“你说得没错，地球并不是我的母星，”克里斯说，“但是我已经把它当作自己的第二故乡了。你们，你们所有人，都是我的朋友。这次任务的成功对我而言极其重要，这重要性丝毫不亚于它在你们心中的地位，因为你们的世界也同样是我的世界。我们是不是同一物种真的有那么重要吗？你们对我无话不说，我本也应该这样。我确实犯了个错，但这难道不更加证明了我像人类吗？虽然我无法证明自己说的是真话，但我今后会竭尽所能，来重新赢回你们的信任。此时此刻，我唯一希望的就是你们稍微给我一点儿信任。相信我，这对我们大家都好。”

这真是个华丽的演讲。但他们几个会轻易因几句好话而动摇吗？

派珀摩挲着悬浮座椅光滑的表面。她开始想：如果克里斯贡献出了云豹号上的所有外星科技，这是否意味着悬浮座椅也是他设计的呢？如果她要因此感谢克里斯，那么，是否她也欠他一份信任呢？

卡莉依然记得，克里斯并没有因为她惧怕未知而对她评头论足，那么现在她又怎能对克里斯评头论足呢？也许即便坚强如克里斯，也有害怕的时候。

达什对克里斯欺骗他们的事极其愤怒，但从某种程度上说，达什也撒了谎，他向队员隐瞒了自己的年龄。如果他撒谎有自己的理由，也许克里斯也有什么难言之隐。

“对于向你们隐瞒真相，我再次道歉。”克里斯说，“我错了，你们应该从一开始就知道真相的。”事实上，这还是克里斯头一回说抱歉，头一回这么直白地承认自己错了。

“就我个人而言，我正式原谅你了。”卡莉说。

“你仍然是阿尔法队的一员。”派珀道。

“我们大家庭的一员。”达什附和。

所有人都转向了加布里埃尔。

“怎么了？”他说。

“难道你没有什么想对克里斯说的吗？”卡莉提示道。

加布里埃尔愁容满面，然后突然笑着说道：“噢，外星人那件事吗？我们还在讨论那件事吗？”他立马转移了话题：“早就原谅了，我都忘了。”

卡莉用力地拍起了巴掌：“那么我们就达成共识了。现在我们重新开始，这是一个诚实的开始，飞船上的所有人都不是外星人，好吗？”她的目光一个个扫向自己的队友。

达什笑了，摇晃着脑袋。派珀也是。

加布里埃尔顿了顿：“好吧，既然你都提到了……”

“我没把来自讨人厌星球的客人算在内。”卡莉讥讽道。

“啊，这样一来，这上面全都是人类了。”

“所以，我们都同意了？”派珀问所有队友，“诚实，从此时此刻开始，每个人都要诚实。”

“同意。”加布里埃尔说。

卡莉闭了会儿眼睛，仿佛是在默默给自己做保证，继而也附和了大家。

达什一言不发，他不知道该说些什么。他又怎能保证自己百分百地诚实呢？他的秘密实在是太大了。他憎恶谎言，但他也明白，一旦真相大白，他将面临怎样的后果。整个团队都会一直为他提心吊胆，时刻关注任何他变虚弱的迹象，整个行程都会受到影响。他不愿这一幕发生，他是他们的队长。

他必须坚强。可是，他也必须值得信赖。

“小伙伴们，我——”大伙儿闻声都转向他，达什却突然停了。他清了清嗓子，道：“我，呃……可能有些事情，我……”

突然响起的信息传输的哔哔声打断了他的讲话。

“是地球！”卡莉高喊，随即将指挥官的形象传到大屏幕上。达什咽了口唾沫，感觉得到了解脱。他还是会告诉大家真相的，在他们结束和菲利普斯指挥官的对话后。

也许吧。

“我已经连着好几天试图与你们取得联系了。”菲利普斯说。如此长距离的通信总是不稳定的，即便他真的连上了线，声音还是会被静电干扰，形象还是会隔几秒停滞一次。但不管怎么说，这总比连不上强多了。“如果一切都按计划进行，我想此刻你们应该已经到了元初星，我期待着听到你们的……”随着他的目光一个个扫过队员，他的声音突然停了。他的目光在克里斯身上停留最久。“我明白了，”他说，“你把你的身世告诉他们了。”

“是他们猜到的。”克里斯说。

菲利普斯悲伤地摇了摇头：“他们当然能够猜到，他们是地球上最聪明的四个孩子。我早该料到他们会猜出来的。”

“你应该直接告诉我们的。”达什说，“从一开始就告诉我们，而不是让我们蒙在鼓里。”

“我从没有对你们撒过谎。”菲利普斯愤慨地说，“有没有我没给你们说过的事？有，但那是因为还不到你们该知道的时候。我是唯一的大人，你们必须得相信我。”

现在轮到达什发怒了，而且他感觉窝火的并不止他一个。

“你确实是大人没错，但我们才是坐飞船执行任务的人。”他说，他难以置信，居然还要再一次对菲利普斯指挥官强调这点，“是我们冒着生命危险来执行任务。你让我们执行这次星际旅行的任务，因为你认为我们可以不辱使命。所以你口口声声说，我们已经足够成熟了，可以被委以拯救地球的重任。但一说到我们该知道什么，不该知道什么，我们又只是孩子了？”

“你用这样的逻辑来说，确实不那么好听。”菲利普斯说，“不过……是的。”

“你爸爸也是这么想的吗？”达什问。

肖恩面露畏惧之色：“这又和我爸爸有什么关系？”

达什不知道说什么，没人知道该说什么。有没有可能，这是头一回他们知道了一些菲利普斯所不知道的事？对话的氛围很严肃，达什发现忍住不笑可不简单，但这感觉还不错。“也许你该自己去问他。”达什说。

“你说什么？”

“别担心，”达什说着，忍俊不禁，“当我们觉得该你知道的时候，会让你知道的。”达什明白，他最终还是得把实情告诉这位指挥官——奥米伽任务存在的消息太重大了，艾克·菲利普斯的介入也是，他们不可能瞒着不说，但他们不着急。从派珀、加布里埃尔和卡莉故意装出的极其严肃的表情来看，他知道其他队员也十分享受这种感受。

达什看了眼克里斯，不知道这个外星人对肖恩·菲利普斯的忠诚度是否会超过对他们队伍的忠诚度。但克里斯没开口。

“我们没时间开玩笑，达什。如果有什么情况是我需要知道的，你就得告诉我。”菲利普斯用的是那种“我是老大”的最严厉的口吻。他是老大没错，但所谓“将在外，军令有所不受”，他又能怎样，把他们几个掐死？

“没错。”达什说，“如果你确实需要知道，我们会告诉你的。”

加布里埃尔冷哼一声，派珀把手捂在嘴上，卡莉的肩膀因为强忍住笑而抽搐。

菲利普斯的脸红一阵白一阵，达什担心自己是不是有些得寸进尺了。“这次信息传送随时都有可能中断，”达什说，“而你还没有告诉我们下一个星球的情况呢。”

菲利普斯指挥官将他们的星际旅行当作军事任务一样来对待。只有在他们完成前一项任务的时候，他才会告诉他们下一个目的地。

“我想这才是此刻最重要的事情，”达什说，“你觉得呢？”

菲利普斯做了个深呼吸，尽量让自己镇静。达什知道，他对本次任务的重视程度要远胜于任何事情。他不会让任何事情威胁到任务。当他再次开口说话的时候，他的声音听起来极其平静，仿佛什么都没有发生过。

“你们会以伽马速度飞行九十一天，直到到达位于蜘蛛星云的水生星。这个星球围绕着一个 G 型星轨运转，那个恒星很像地球的太阳。”他说着，列出了一串关于这个星球大气和地表条件的细节信息，“我会在本次传输过程中，向你们发送一个数据包。”他有意把话说完，“这个数据包里面，有你们该知道的所有信息。”

“是你认为我们该知道的。”达什想。但他表面上还是点了点头。

所有队员都给菲利普斯发信息，希望他帮忙捎带给自己的亲戚朋友，当然，除了克里斯。他从来不给菲利普斯传什么信息，现在其他人才知道为什么。

“那么，现在呢？”菲利普斯说。

“现在什么？”达什一副什么都不知道的样子。

菲利普斯给了他一个脸色。达什认得这种脸色，每当他胆敢顶嘴，而且胆敢一次又一次顶嘴的时候，老妈就会把他关禁闭，不给甜点，而老妈在那之前的脸色就是这样的。“达什，你玩也玩够了，想表达的也表达了，该闹的也都闹过一遍了。那么，请问你能不能告诉我，那边到底发生了什么？而且，那又和我爸爸有什么关系？”说到“爸爸”这个词的时候，他的声音突然粗暴起来。

这听起来并不像什么道歉，但达什觉得这已经是他们能得到的最好的回应了。

“好吧，首先，你永远不会相信，当我们退出伽马速度的时候发生了什么……”

当达什一桩桩、一件件地告诉菲利普斯关于光刃号以及他们已知的奥米伽任务的信息时，菲利普斯的脸僵硬了。

“我会调查这件事，然后和你们取得联系。”达什话音刚落，菲利普斯就简明扼要地说，“我会把我调查到的情况告知你们。”

“你会才怪呢。”达什想。但表面上，他还是点点头，说：“是，长官！我们等您的消息。”

信息传输到此中断了。达什不知道小伙伴们是否和他想的一样：奥米伽队这件事太重大了，不能让菲利普斯一点儿信息也没有。而且这里面还牵扯到他的爸爸，尤其是他的爸爸还是真正的幕后黑手。还有什么是指挥官不知道的？再加上菲利普斯还有许多没有告诉他们的事，这样一来，他们就有了许许多多没有解开的问题，以及随时可能发生的意外。

在外太空，任何事情都有可能发生，但只有一件事是可以确定的：他们必须自己面对。

第16章

光刃号在伽马速度上颠簸颤抖。飞船不稳，灯光也闪烁不定，墙壁扭曲而膨胀。关于伽马速度，安娜并不比其他队员知道得更多。但她对物理知识有足够的了解，物理课本告诉他们，没有物体能快过光速。光刃号每天都能飞行数百光年，这也意味着，这艘飞船不是在正常的空间里飞行。安娜想象着这艘尖头飞船穿越多维空间的画面，或许它的发动机用某种方式折叠了时空，仿佛这时空薄如一张纸片。这张纸片被对半折叠，两个距离遥远的点突然碰在一起。她想，这飞船可能是飞在童话里的仙尘和魔幻豆上的吧。

但无论设计师希望这发动机做什么，它似乎都没有听话。安娜能肯定的是，设计师并不希望墙壁都鼓起来，地板都摇晃起来。她想，乘坐飞船的队员本不该连着好几个月都感到虚弱不堪。有时候，当飞船以伽马速度飞行的时候，她感觉自己的身体犹如橡皮筋一样，在整个星系中被拉得老长。她一直等待着这橡皮筋断掉的时刻。

安娜睁眼数着自己卧室天花板上的裂缝，试图给自己催眠。她无法适应这个房间，正如她无法适应睡在下铺的西恩娜呼吸的声音。飞船上的规定不允许她们对房间进行任何装饰，所以整个屋子就是个空旷的立方体。空空如也的墙壁，空空如也的天花板，没有家人的照片，一点儿也看不出这个地方属于她。

当然，这儿也确实不属于她。

这是艾克·菲利普斯的地盘。

这是科林的地盘。

她打赌，云豹号里可不是这么一番景象。她打赌，达什不会坐立不安地担心，如果半途引擎坏了怎么办，如果他们被困在不同维度之间，或是被碾碎成星际尘埃了又怎么办。难道他不知道，他之前差那么一点点就被烧成灰烬了吗？安娜大义凛然地出手相助，而那小子却连声“谢谢”也没说。

安娜绝不会让任何人猜透她的心思，尽管她担心的事情太多了。比如，队友是否会听从自己的命令，科林是否会停止对她颐指气使。最重要的是，她担心万一哪天跟丢了云豹号的能量痕迹，那该怎么办。他们现在这样，就像在跟踪地上面包屑的痕迹，是个人都知道这是多么艰难的工作。如果云豹号飞得太快太远，或是达什找到了什么方法来甩开他们，消除飞行痕迹，那么光刃号就得被困在无垠的太空里了。

无法前进，也无法后退。

拉维和尼克直勾勾地盯着他们各自的屏幕。拉维打了个哈欠，尼克则伸了伸开始酸疼的大腿。他们已经在图书馆坐了好几个小时，又是背飞船诊断原理，又是做模拟故障排除练习。拉维的肚子已经开始咕咕作响了。

“你肚子饿就说。”尼克轻声道，“其实我也要饿死了。”

“那么我就偷偷摸出去，拿些吃的来。”拉维建议道，“就五分钟，谁也不会知道我们出去过。”

“科林会发现的。”尼克说。

“那家伙简直要把我逼疯了。我们一直在工作和训练，压根就没停过。他难道不知道人类需要时不时休息的吗？”

科林给奥米伽队设置了一个严格的日程表。他命令大家几点起床（很早），吃什么东西（味道寡淡却“营养丰富”的稀粥），以及他们一整天要做什么事：训练，学习，再训练。

“我们确实需要掌握全部这些知识，”尼克指出，“这对咱们完成任务很有帮助。”

拉维咬牙切齿，重新回去练习。尼克不明白周围的墙壁都朝自己压过来是怎样的感受，因为尼克至少有几个小时逃到了元初星上，可拉维却被“软禁”在了飞船上——还是和科林这家伙做伴。

“你应该不会真的把他们压扁吧？”当阿尔法队队员看着不断逼近他们的墙壁，绞尽脑汁去解答卡因大帝的难题的时候，他这样问过科林，“你只是和他们开玩笑吧？”

“开玩笑？”科林说着，嘴角勾起一抹令人毛骨悚然的微笑。拉维只要一想起来，肩头就不禁一抖。

“我们速战速决吧。”尼克说，“我们越快做完，就能越早吃饭。”

“说到饭，也真是没什么值得期待的。”拉维想起了午饭时吃的那碗令人作呕的稀饭，“我真怀念炸薯条。”

“还有冰激凌。”尼克附和道，“我现在能立马吃下三个圣代冰激凌。”

突然，一个声音从嵌入墙面的喇叭里响了起来，是科林的声音：“你们聊天的内容似乎无关工作啊。给我集中注意力！”

尼克和拉维抱怨一声。然后就乖乖听话了。

西恩娜在研究数学题。她将方程式涂鸦一般写在草稿纸的边缘，纠结要不要写到解题过程中去，纠结矩阵是不是正交的，纠结如果她计算了特征向量 A，是否就能算出 B 和 X。

西恩娜之所以要费力解出这道数学题，并不是因为科林要求她这么做，也不是因为这对本次任务有什么帮助，仅仅因为她对数学感兴趣。

她知道这很奇怪，但喜欢就是喜欢，谁管得着？

西恩娜知道，其他人都有些想念地球和家人了。在地球上，其实她与别人相处并不融洽，她倒是更喜欢这里，这个黑暗的宇宙空间。她喜欢这里的寂静，喜欢这里目标明确的感觉。他们有一个终极任务，这是唯一重要的事。人生就像一道数学题。这不无道理。

差不多是这样。在数学的世界里，“差不多”并非优秀的答案。你不能差不多地理解一个原理，不能差不多地得出一个结论。

西恩娜认为，对于人生也是这样。因此她感到很困惑，因为她无法充分理解艾克・菲利普斯这么大费周章的动机何在，她无法完全信任安娜对团队的领导，她对科林则没有半点信任。

她告诉自己，没必要这么忧心忡忡。无论用什么方法，他们总能集齐元素。他们能够将所有元素融合在能量源中，并靠着它回到故乡。

一切都会顺利的。她一次又一次这么告诉自己，并且也相信了。差不多相信了。

艾克·菲利普斯透过大屏幕怒目瞪着科林，“你难道不明白，跟紧云豹号是最重要的任务吗？”

“我当然知道。”科林厉声说。

“那里的一切都靠你了。”艾克说，“别把事情搞砸了。”

科林一直在等，直到信息传输中断，他才翻了个白眼。他想自己应该对艾克这家伙感恩戴德，毕竟是他创造了自己，但此人的控制欲实在是太强了。

科林从艾克身上学到了不少东西，包括掌管一切的感觉是多么美妙。现在，由于自己和创造自己的人之间相隔了数百万光年，他终于可以当一回老大了。光刃号是科林的飞船，奥米伽也是他的任务，奥米伽队队员必须乖乖听他的话，否则他们会因此而后悔，正如一旦阿尔法队阻挡了他前进的步伐，他们也会后悔一样。

就让克里斯想着他那遥远的故乡暗自悲叹痛哭吧。科林具有克里斯的智商和能力，却并未分享他的过去。在艾克·菲利普斯警惕的目光下，科林研究了克里斯飞船的建造记录，并了解了这个外星人星际之旅的几乎每个细节。

很久以前，科林曾一度嫉妒克里斯，毕竟克里斯是原版，而科林自己不过是个复制品而已。克里斯有过去，是一个完整而独立的个体。而科林有的，仅仅是艾克·菲利普斯告诉他的。

但后来，科林渐渐明白，自己不是克里斯的简单复制品，他是克里斯的升级版。因为过去只会阻碍人前进的步伐，所以科林并不需要什么过去，他有的是未来。就让克里斯沉浸在那可怜的对家乡的回忆中吧。科林的家乡是地球，一旦他带着索尔斯能源回去,整个地球以及所有人类都会处于他的控制之下。

艾克还教会了科林一个道理：如果你渴望拥有一个东西，确实渴望拥有一个东西，那么你就必须动用自己所有的能力去得到它。

第17章

马格努斯7太烫了，无法放在元素熔凝器里，至少在他们得到所有元素并准备融合它们之前。不过郁金香自己乖乖待在了元素熔凝器边上。整个旅程中，炙热的岩浆都将被安放在她的肚子里，直到他们需要她。

当然，他们只有在成功之后才会需要她。

“你觉得她在这儿待着会感到孤独吗？”派珀问。

“孤独？我可不会让她感到孤独，不可能。”蒸汽向派珀保证道，他已经喜欢上了这个新的机器人，“郁金香，我想这是一段美好友谊的开端！”

郁金香也哔哔哔地附和，小肚子发出了更加明亮的光芒。

“小家伙，你是在脸红吗？”加布里埃尔问她，“你可是个机器人啊——有点尊严好不好！”

郁金香呼呼叫起来。

“我想应该是在说，她做什么你管不着。”派珀当起了翻译。

“是啊，没错。”蒸汽说。“这是A，”说着，他指了指自己，“和B，”他又指了指郁金香，“之间的对话，所以你这个C就麻烦别插嘴了。”

突然，蒸汽和郁金香的身体里发出了金属撞击的声音。队员们过了好一会儿才反应过来：这两个机器人在笑呢。

飞船重新进入伽马速度之后，一切终于回归正常了。队员们围坐在餐桌前，问了克里斯一堆问题，一会儿问他的母星，一会儿问作为外星人是一种怎样的体验。

“对你们来说，作为外星人，是一种怎样的体验？”克里斯问。

“小伙子，你刚才在认真听我说话吗？”加布里埃尔问，“你才是外星人，我们可是人类。”

“对于他来说，我们就是外星人。”卡莉指出。

此话一出，所有人都仿佛被冰冻，场面一度变僵了。

“哇！”加布里埃尔恍然大悟，“刷新了我的世界观呀。那这是不是意味着，你也有一些问题想要问我们？你想知道长着人类这样弱小又愚昧的大脑是一种怎样的体验吗？”

“也许某天你会给我看你的第三只眼睛。”克里斯嘲讽道。

“你们刚才都听到了吗？”加布里埃尔惊呼，“这位天外来客几乎说了个笑话！”

卡莉朝他丢了根炸薯条：“我也想知道，加布里埃尔，对你而言，长着这样弱小又愚昧的大脑是一种怎样的体验。”

其他人都忍俊不禁，紧张的神经突然就松弛了。五名队员能够这样欢聚一堂，其乐融融，这感觉真好。但在这次聚餐变成一场狂欢和抢食大战之前，达什清了清嗓子，道：“各位，我有个比较严肃的问题想跟大家说一下。”

“你是在严肃地说这件事吗？别严肃了。”加布里埃尔道，“我真是厌倦了严肃。该好好歇歇了。”

“你们都听见菲利普斯说的话了。”达什说，他无法不想这件事，也该把事情说清楚了，“他认为我们无法处理好本次任务的一些真实信息，他直言不讳地说，会对我们保留更多的秘密。”

“你是没见过大人吗？”卡莉道，“他们不都这样吗？”

“肖恩都是为你们好。”克里斯试图为自己的好朋友辩解。

“这我知道。”达什承认，“但是他又怎么知道什么才是真的为我们好呢？或者，至少说，他又怎么能比我们更了解我们自己呢？听着，我们才是本次任务的具体执行者，我们才是要做成这件事的人。菲利普斯对这里的情况知之甚少，在地球上的其他人都不比我们知道得多。我们不能依赖那些大人来替我们思考，我们需要相信自己的判断，我们要相信自己，相信彼此。呃……”

达什感觉自己脸颊发烫。他并不习惯这样慷慨陈词，突然不知道自己的话听起来是鼓舞人心还是滑稽搞笑。“你们觉得有道理吗？”

“百分百有道理。”卡莉道，“我支持你！”

“我们都支持你。”派珀道。加布里埃尔也点头。

“菲利普斯指挥官和我都没有看错人。”克里斯道，“他相信你们能够做出正确的决策，我也是。”

他们都满怀期待地看着达什，但达什不能肯定他们都在期待什么。“呃，那么，好的，这样就好。”他说，“所以我想，严肃的事情也正式结束了。”

“太好了。”加布里埃尔说，“现在我们能回到真正重要的事上了吗？比如，我们马上就要去对付海盗了？吓得我肝颤！啊嘿，大冒险！”

卡莉像看真正的外星人一样看着他：“你这人太诡异了。”

加布里埃尔对她眯起了眼睛：“不，你——才——是——”

其他人都在叹气。接下来三个月的飞行，还长着呢。

肖恩·菲利普斯指挥官瞪着大屏幕上的那张脸。他恨这张脸的一切特点——线条刚毅的下巴、薄薄的嘴唇、傲然翘起的眉毛。但最让他痛恨的是，这张脸总是让他想起自己的脸。

“爸爸，”他说，试着让自己的声音听起来平稳而自信，“我们得谈谈。”

“不，儿子，”艾克·菲利普斯说，他的声音里不带一点儿温情，仿佛他们是两个完全陌生的人，“我们没什么好谈的。”

“你克隆了克里斯？你自己建造了一艘飞船然后一路跟踪我的飞船？你打算找到索尔斯能源然后据为己有？你是疯了吗？”

“你瞧见了吗？我们没有谈的必要了，你都有答案了。你总是个咄咄逼人的男孩子。”

肖恩脸上流露出无奈。无论他长得多大，爸爸总能让他觉得自己是个愚蠢的孩子。

“你觉得你自己这是在干什么？”肖恩道，“这个问题我可没有答案。”

“你不需要答案。”艾克·菲利普斯说，“瞧瞧你自己，都已经是成年人了，还管理着自己的基地，肩负着一个要拯救地球的任务。也许你会觉得，我应该为你感到骄傲，我应该尊重你。”

“我可不这么想！”肖恩·菲利普斯说，虽然是违心的。任何人有了像艾克·菲利普斯这样的爸爸，都会这么希望的。肖恩一直渴望成为他的骄傲，或者，至少得到他的尊重。但他从来没这么表示过。他也绝不会这么表示。

“你太让我失望了。”他的爸爸说，“你，还有你那小朋友克里斯，都让我失望透顶。但是你那令人遗憾的政府项目，倒是给了我一个实现目标的机会。为此，我想我该谢谢你。”

“那么，你所谓的目标又是什么呢？”肖恩已经满腔怒火，他知道，自己是绝不可能得到什么直接的回答的，但他还是忍不住要问，他必须问，“你到底想干什么？”

“这有什么好问的？我只是想得到我一直渴望得到的。”艾克·菲利普斯说，仿佛惊讶于肖恩怎么还是不理解他，“所有，一切。”

那天晚上，达什溜进克里斯的房间，去注射减缓新陈代谢速度的药剂。他本该心情愉悦的，毕竟，他们得到了第二种元素，正在按计划向下一个星球进发，和克里斯相关的事情也总算告一段落了，但他还是无法避开悬在自己头上的乌云。

终于，克里斯点到了问题的关键，“今晚的治疗似乎让你忧心忡忡。”他说，“你有觉察到什么症状吗？还是说，你担心我们无法按时完成任务？”

“不是。”达什说，“呃……当然，我有时也担心你说的。没人可以真正告诉我，如果我在外太空待太久，等待我的会是什么结果。但似乎结果不会太好。”

“你想让我告诉你吗？”克里斯问。

他真的希望知道结果吗？知道细节真的对他更好吗？也许他的毛发和牙齿会掉光，也许他的内脏都会化掉，也许他会自燃，或者干脆整个人直接化为一团烟雾。这些都是在他噩梦中出现过的场景，他并不喜欢这样的场景。但话又说回来，如果他知道真正的结局，他就不会去想那些可能发生的结局呢。

“呃……不是现在。”达什说，“还有，不管怎样，这不是真正的问题，如果我真有什么问题的话。”

“那我就当你有问题吧。”克里斯说，“那么，你的问题是什么呢？”

“就是这个。”达什说着，指了指盛放注射器的盒子，“我让大家都要彼此坦诚相待，我也对你隐藏秘密的行为大发雷霆——”

“我理解你，”克里斯打断他，“你朝我发火没错。”

“我没错吗？”达什说，“我都不再相信自己了，因为我自己也对大家隐瞒了一个巨大的秘密。我是不是应该告诉他们真相？”

“你想告诉他们真相吗？”克里斯问。

“我希望他们相信我，我希望自己值得他们相信。所以，也许吧。好吧，不行，我觉得还是不能告诉大家。”达什的手指穿过自己的头发，“我脑子很乱。”

“达什，我无法给你一个答案。这是你的生活，你的秘密，必须由你自己来做这个决定。”

“好的。”达什喃喃道。有时候他真是厌倦了做决定，有时候他真希望自己只是一个普通的孩子，周围有一群大人告诉他需要做什么。

“但我分不清，我不确定保守秘密是否和撒谎是同一件事。”克里斯补充道，“也许信任一个人，并不意味着要知道他的一切。也许真正的信任，意味着让一个人决定自己袒露多少真相，这也是人类的友谊中让我很喜欢的一点。你相信你的朋友，并非因为你知道关于他的一切，而是因为你相信你知道了最重要的事。”

达什回想起在元初星上，他们最终决定接受克里斯帮助的时刻。他们有太多的理由去质疑克里斯，但达什还是选择相信克里斯，而且他的选择是对的。

“所以你认为，我自己保留一两个秘密也没问题，对吗？”他问。

“我们都有秘密。”克里斯的语气里几乎带着抱歉的意味。

达什离开的时候感觉棒极了。自从他登陆元初星以来，还从没感觉这么放松过。他感觉太好了，事实上，好到都没有想过去咀嚼克里斯说的最后一句话。以及他没有说出的话，无论是什么。

深夜，房间里终于只剩下克里斯独自一人。他从床底拖出一个小小的金属盒，那是他从J-16行星上带回来的。几十年前，他出于安全考虑，将它留在了那个星球上。正如之前的许多个夜晚一样，他撬开了盒盖，里边的东西证明了他漫长的星际之旅：星图、记录星系中各个星球矿物情况的笔记、对遇到的外星人的观察结果。这些都是在接下来的几个任务阶段，他指导阿尔法队渡过难关所必备的材料。

盒子里的东西并不仅仅是这些。

克里斯取出一个小袋子，将里边的东西倒在自己手掌上。一颗打磨过的、光滑的石头。在他还是个小孩的时候，他在海边捡到了这块石头。铁锈红的沙粒。这是在他芙洛拉星球的家的附近收集的。一朵干枯的花。这是他深爱着的人送的，曾经鲜艳的红色和紫色已经褪去。一块硬币大小的金属磁盘。一旦激活，它能投射出芙洛拉星球上任何人的全息影像，这是他见到自己过去熟人容貌的唯一途径。有时候，这似乎成了他记得他们模样的唯一办法。

克里斯将磁盘摁在了手掌心，却没有激活它。他并没有去想被自己留在过去的朋友，至少今晚没有。他想着自己现在拥有的朋友，同处于飞船上的这几个朋友，他们都坚信自己是本次任务的一分子,他们都以为自己知道克里斯真正要的是什么。

他已经把真相告诉队友：他希望帮助他们完成这次任务，他希望他们能找到所有元素，合成最终的可再生能量源，踏上回家的路，然后拯救地球。

但是他并没有告诉他们全部的真相，他没有告诉他们，能量源其实还有另一个作用。在云豹号上的一个秘密房间里，隐藏着一架小得多的飞船，只要取出能量源的一小部分，就能将飞船启动。

这是克里斯建造的飞船。这个任务是他的机会，他唯一的机会，他回到芙洛拉星球的唯一机会。他对达什和其他小伙伴保留过许多秘密，但这个是最为重要，也最令他痛心的。

当星际旅行结束，云豹号和阿尔法队荣归地球时，克里斯不会跟着他们一起回去。

克里斯可以回家了。